感动系列精华版

• 总主编　刘海涛
• 主　编　谢志强

没有大人的夜晚

感动小学生的100个故事
精华版

九州出版社
JIUZHOUPRESS
全国百佳图书出版单位

图书在版编目(CIP)数据

感动小学生的 100 个故事/谢志强主编.–北京:九州
出版社, 2008.1(2021.7 重印)

("读·品·悟"感动系列:精华版/刘海涛主编)

ISBN 978-7-80195-801-3

Ⅰ.感... Ⅱ.谢... Ⅲ.故事—作品集—世界 Ⅳ.I14

中国版本图书馆 CIP 数据核字(2008)第 003297 号

没有大人的夜晚:感动小学生的 100 个故事(精华版)

作　　者	谢志强　主编
出版发行	九州出版社
地　　址	北京市西城区阜外大街甲 35 号(100037)
发行电话	(010)68992190/2/3/5/6
网　　址	www.jiuzhoupress.com
电子信箱	jiuzhou@jiuzhoupress.com
印　　刷	北京一鑫印务有限责任公司
开　　本	720 毫米 × 1000 毫米　16 开
印　　张	14.75
字　　数	128 千字
版　　次	2008 年 1 月第 1 版
印　　次	2021 年 7 月第 8 次印刷
书　　号	ISBN 978-7-80195-801-3
定　　价	49.90 元

目录

第一辑　看不见的爱

当我们用"哇哇哇"的啼哭声来庆祝我们诞生的那一天起，我们就注定离不开父母那脉脉深情和紧紧关注的双眼。我们每一个人的脑海里都会有父母在晚饭时焦急地等待我们回来的情景，有父母为我们的摔倒而慌张无措地翻药箱的身影，还有父母为我们的无知犯错而留下的叹息声和眼泪……父母总会在我们的身边，用他们的爱，守护着我们。只要我们用心去观察，就会发现，父母的爱就像一朵朵花儿，将我们围绕在花坛中央。

父亲 …………………………………………………… 叶倾城/003

小男孩的心愿 ………………………………………… 佚　名/005

抬起头来做人 ………………………………………… 梁文福/007

骇世亲情 ……………………………………………… 吴　天/009

看不见的爱 ………………………… [美]威廉·戈尔丁/011

冬晨 …………………………………………………… 刘　圆/013

母爱 …………………………………………………… 佚　名/015

不要再邮寄拐杖 ……………………………………… 得　林/017

母亲·儿子 …………………………………………… 赵增强/018

瀚瀚和他的"臭爸爸" ……………………………… 许延风/020

爸爸妈妈要出差 ……………………………………… 蒲华清/025

没有大人的夜晚·精华版

第二辑　生命的养料

　　美丽鲜花的盛开离不开园丁那一双双精心照料的手，茁壮成长的葱翠大树离不开地里的一层层养料，而生命中的成长离不开那让我们一次次感动的美好。即使是那么一件不起眼的小玩意，或许是一次平凡得不能再平凡的遭遇……它们也会在我们幼小的心灵里扎根，发芽，开花，而这些花香总是时常飘荡在我们的心间，最后催生出一种塑造我们成长的力量，这种力量使我们走向更加美好的生活，走向生命中的每一次成功。

生命的养料 ……………………………………… 明飞龙/029

无弦的吉他 ……………………………………… 陈志宏/031

红木钢琴 ……………………………… [美]亚士里拉·杰夫/033

生日蛋糕 ………………………………………… 滕毓旭/036

企盼 …………………………………………………… 闫　岩/037

凤凰琴 …………………………………………… 王志奇/039

一碗牛肉面 ……………………………………… 唐顺英/043

心愿 …………………………………………………… 肖　鸿/046

布拉德利的账单 ………………………………… [美]休克尔/048

母亲的虎头鞋 …………………………………… 郑小萍/051

目录

第三辑　爱中有天堂

也许我们永远也不会忘记在上幼儿园的时候和自己交换礼物的小朋友们，也许我们永远也不会忘记和自己划分"楚河汉界"的小同桌，也许我们永远也不会忘记那次和他闹下的小矛盾……正是他们，我们才有了难忘的美好童年，才有了终生难忘的友谊。也许我们会从这头搬家到那头，会从这学校转读到那学校，会从这朋友认识那朋友，但是我们收获的却是一个又一个的朋友，并开出了一朵朵人间最美的友谊之花。

生命的药方 ………………………………… [美]托马斯·沃特曼/057

爱中有天堂 ………………………………… 崔　浩/059

当死神撞击友情 …………………………… 东　萍/061

祝你生日快乐 ……………………… [美]罗伯特·泰特·米勒/065

星星锁 ……………………………………… 北　董/069

友谊苹果 …………………………………… 谢长华/072

Hello，你好 ………………………………… 苏　梅/075

小水袋的故事 ……………………………… 曹延标/077

春游的故事 ………………………………… 蒲华清/082

大泥鳅 ……………………………………… 野　军/084

没有大人的夜晚·精华版

第四辑　孩子,我为你骄傲

　　在我们坚持尝试自己用勺子吃饭时,当我们学着迈出第一步行走,某一天我们拒绝妈妈的帮忙而独自学会洗澡,这时,大人们投来"你可以的"信任的目光,就意味着我们已经具备了一些独立处理事情的能力。而这些能力使我们学会了辨明是非对错,学会了感恩,学会了认错,学会了助人,学会了自我保护……我们的成长过程就是我们的能力不断提升的过程,所以我们要相信,我们总是比昨天棒,我们总是在进步。

没有大人的夜晚 ……………………………… 徐兴华　赵纪方/089

椅子上有一口痰 …………………………………………… 王　璇/092

快乐的小秘密 ……………………………………………… 彭冰莹/094

能给予就不贫穷 …………………………………………… 马　旭/096

只看拥有的 ………………………………………………… 佚　名/098

记得别人的感受 …………………………………………… 佚　名/100

没有发芽的种子 …………………………………………… 佚　名/102

邮箱上的钉子 …………………………………………… [美]考得利/104

责任重于泰山 ……………………………………………… 袁小宇/106

孩子,我为你骄傲 ………………………………………… 飘　雪/108

妈妈的蓝本子 ……………………………………………… 金建华/110

守信用的好孩子 …………………………………………… 梅　莉/112

目录

第五辑　掌声总会响起来

　　我们每个人来到世界上，都是独一无二的自己，所以我们每个人都有着自己的长处和短处。我们可能会羡慕别人的玩具比自己的多，觉得别人的条件比自己的好，我们像小草仰望大树一样自我卑微。树比小草高大，但我们不能就此判断谁比谁更优秀，谁比谁更糟糕，只要我们坚信，既然我们来到这个世界，就要好好地享受生命的奇迹。哪怕是一棵最不起眼的小草，也有分享阳光和雨露的权利。

心灵先到达那个地方	祥　子	117
最普通的角色	佚　名	119
生命	[美]克伦·沃森	120
捐赠天堂	佚　名	122
一次喝彩，改变了他的一生	张　峰	124
阔步人生	李　军	126
人生更短的东西	孔　琪	128
脚比路长	褚振江	130
用四根手指接住球	佚　名	132
不喝牛奶的孩子一样能长大	风清云淡	134
掌声总会响起来	李文忠	136

没有大人的夜晚·精华版

第六辑　肚脐上爱的眼睛

　　爱的力量非常大，它会创造许多美好，它就像是花粉，通过蜜蜂的辛勤采集，花粉酿成了甜蜜。我们无法丈量爱，也不能给它下一个定义，但是我们时刻都能感受到爱的存在。它会用神奇的力量感染我们每一个人，它会扫除我们心灵里每一个角落的阴霾，普以阳光，它甚至还会通过我们传递给其他人。也许有人会问，爱在哪里呢？爱，无处不在，它在父母的微笑里，在老师的谆谆教诲里，在朋友之间相互帮助的眼神里……

天使的翅膀 ………………………………………… 佚　名/141

最好的老师 ………………………………………… 胡海棠/144

用你的左手刷牙 …………………………………… 飘　雪/147

一枚戒指 …………………………………………… 史　维/150

第四十三号生 ……………………………………… 金　本/152

肚脐上爱的眼睛 …………………………………… 佚　名/156

外国老师 …………………………………………… 金建华/159

不会笑的米格格 …………………………………… 金建华/161

学校的大门坏了 …………………………………… 梅　莉/164

苏丹 ………………………………………………… 伍　剑/166

目录

第七辑　爱打洞洞的老爷爷

　　在时间的长河里，飘荡着满载了我们为梦想而许下愿望的小船，在这些小船里，也许很多梦想我们已经实现了，也许很多梦想我们还来不及实现就已经将它们忘记了。有太多的事，太多的人，都清晰地保留在我们的记忆深处，因为这些都是我们每一步丈量出来的。若干年后，也许我们会为童年的纯真付之一笑，也许还会想念一位陌生而可爱的老大爷，在温暖而调皮的回忆里，我们幸福而满足地回望，忍不住微笑……

红皮球和蓝皮球 …………………………………… 陈龙银/171

小花狗失踪 ………………………………………… 刘保法/173

"首席执行官" ……………………………………… 许延风/176

爱打洞洞的老爷爷 ………………………………… 苏　梅/178

用哭保护了小鸟 …………………………………… 胡祁人/181

网虫"孤独青云" …………………………………… 胡祁人/182

采桑叶 ……………………………………………… 野　军/185

叶儿，叶儿，快快落 ……………………………… 伍　剑/187

晶晶和点点 ………………………………………… 晓　诚/189

出卖时间的孩子 …………………………………… 皮朝晖/191

没有大人的夜晚·精华版

第八辑　享受生命的春光

　　我们一直都在面临选择,左边的小溪还是右边的河流?路边的小花还是树叶上的露珠?往往一个踟蹰一个犹豫,左右为难,无法在美丽与漂亮之间选择。我们拥有了清澈,可能会失去速度,拥有了美丽,可能会少了洒脱。于是,最最漂亮的选择,是细水长流地接触目标,美丽与洒脱各得其所。不管结果是明媚的春天还是激情澎湃的盛夏,不管是高贵的徐行还是黝黑的健康,它总会在某一天悄悄地来到我们的身边。

一个团伙的解散 ………………………………… [美]艾德·威切斯/197

二十五美分的价值 ……………………………… 陬　人/200

最难的难题 ……………………………………… 廖　钧/202

面对发怒的大象 ………………………………… 肖显志/203

海啸来临之际 …………………………………… 钱欣葆/206

红虾 ……………………………………………… 徐　鲁/208

挫折 ……………………………………………… 李泽泉/211

为自己挖一口井 ………………………………… 郝洪亮/213

我的笑是新的 …………………………………… 蔡　成/215

享受生命的春光 ………………………………… 李海燕/217

生命的色彩 ……………………………………… 矫友田/219

第一辑　看不见的爱

　　当我们用"哇哇哇"的啼哭声来庆祝我们诞生的那一天起，我们就注定离不开父母那脉脉深情和紧紧关注的双眼。我们每一个人的脑海里都会有父母在晚饭时焦急地等待我们回来的情景，有父母为我们的摔倒而慌张无措地翻药箱的身影，还有父母为我们的无知犯错而留下的叹息声和眼泪……父母总会在我们的身边，用他们的爱，守护着我们。只要我们用心去观察，就会发现，父母的爱就像一朵朵花儿，将我们围绕在花坛中央。

在父亲的背上看风景
在母亲的怀里安然入眠
握着充满亲情的手散步
被看不见的温暖包围
我想那就是
被呵护的幸福

父　亲

原来世界上有一种可以感动死神的爱，
那就是父爱。

一九四八年，在一艘横渡大西洋的船上，有一位父亲带着他的小女儿，去和在美国的妻子会合。

一天早上，父亲正在舱里用腰刀削苹果，船却突然剧烈地摇晃起来，父亲不慎摔倒时，刀子扎在他胸口。人全身都在颤，嘴唇瞬间乌青。

六岁的女儿被父亲瞬间的变化吓坏了，尖叫着扑过来想要扶他，父亲却微笑着推开女儿的手："没事，只是摔了一跤。"然后轻轻地拾起刀子，很慢很慢地爬起来，不引人注意地用大拇指揩去了刀锋上的血迹。

以后三天，父亲照常每晚为女儿唱摇篮曲，清晨替她系好美丽的蝴蝶结，带她去看大海的蔚蓝。仿佛一切如常，而小女儿尚不能注意到父亲每一分钟都比上一分钟更衰弱、苍白，他远眺海平线的眼光是那样忧伤。

抵达的前夜，父亲来到女儿身边，对女儿说："明天见到妈妈的时候，请告诉妈妈，我爱她。"

女儿不解地问："可是明天就要见到她了，你为什么不自己告诉她呢？"

没有大人的夜晚·精华版

他笑了，俯身在女儿额上深深留下一个吻。

　　船到纽约港了，女儿一眼便在熙熙攘攘的人群里认出母亲，她喊道："妈妈！妈妈！"就在这时，周围忽然一片惊呼，女儿一回头，看见父亲已经仰面倒下，胸口血如井喷，霎时间染红了整片天空……

　　尸解的结果让所有人惊呆了：那把刀无比精确地洞穿了他的心脏，他却多活了三天，而且不被任何人察觉。唯一可能的解释是因为创口太小，使得被切断的心肌依原样贴在一起，维持了三天的供血。

　　这是医学史上罕见的奇迹。医学会议上，有人说要称它为大西洋的奇迹，有人建议以死者的名字命名，还有人说要叫大神迹……

　　"够了。"那是一位坐在首席的老医生，须发俱白，皱纹里满是人生的智慧，此刻一声大喝，然后一字一顿地说，"这个奇迹的名字，叫父亲。"

文/叶倾城

战胜死神的父爱

　　这个故事，我是流着泪读完的。原来世界上有一种可以感动死神的爱，那就是父爱。故事中的父亲是用延长生命的办法来保护女儿，创造了三天的生命奇迹，连医学界都惊叹的奇迹，唯一的解释只能是父爱的力量。

　　在我的记忆中，父爱就是沉默，就是整天为了生活奔波，就是用粗糙的大手来翻看我的成绩单，然后是摸摸我的头舒心地一笑："不错，继续努力！"最多也只是奖赏我一个文具盒。于是，我一直都认为父亲不够爱我，就算爱我也不懂得表达。但是，读完这个故事，我仿佛一夜之间长大了，每位父亲都有他的爱的表达方式，我无须强求，小女孩的父亲用延长生命来表达，我的父亲用默默关怀来表达，都是一样的幸福！

赏析/魏　英

小男孩的心愿

十二岁的鲁本是加拿大某地的一个小学生。这天他从一家商店经过时，橱窗里的一件商品使他怦然心动。可对这个孩子来说，这件标价五加元的东西实在是太贵了，因为这笔钱相当于他们全家人一周的开支。

虽说眼下自己一文不名，可鲁本仍推开这家商店的门走了进去，说："我想买橱窗内的那件商品，不过，我现在没有钱，请您先别卖，给我留着好吗？"

"行。"店主微笑着对他说。

鲁本很有礼貌地告别店主，走出了商店。

他走着走着，突然从旁边一条小巷子里传来一阵敲打钉子的声音。鲁本寻声朝施工场地走去。当地居民正在盖自己的住房，他们每用完一小麻袋钉子，就顺手把装钉子的麻袋给扔了。他早就听说有家工厂回收这种袋子，于是，他从这个工地捡了两条拿去卖了。在回家的路上，他的小手里一直紧紧拿着两枚五分硬币，生怕掉了。

鲁本把两枚硬币放在铁盒里，藏在他家粮仓内的干草垛底下。

吃晚饭时，鲁本走进厨房。父亲正在补缀渔网，母亲已经摆好饭菜。母亲虽然一天到晚忙忙碌碌洗衣做饭，耕地种菜，还得抽空儿给羊挤奶,可她总是乐呵呵的。

每天下午放学,鲁本总是先做家庭作业,再干完母亲交给他的家务活儿,然后一日不辍地到大街小巷去捡装钉子的麻袋。尽管不时受到饥寒困乏的折磨,可小鲁本依旧日复一日地走街串巷捡麻袋,因为购买橱窗内那件商品的强烈愿望始终激励着他,赋予他勇气和力量。

第二年五月的第二个星期天,他把藏在粮仓草垛底下的小铁盒取出来,用发抖的手小心地将里面的硬币倒出来,仔细数了一遍,仍不放心,又认真数了一遍。哇,只差二十分就凑够五加元啦!于是,他祈祷上帝保佑自己傍晚前能捡到对他来说至关重要的四条麻袋。随后,他把装钱的铁盒儿藏好,急匆匆地去寻找麻袋。夕阳逐渐沉时,他一溜烟儿赶到那家工厂。此时,负责回收麻袋的人正准备关闭厂门。鲁本心急火燎地冲他喊道:"先生,请您先别关门!"那人转过身来,对脏兮兮汗淋淋的小鲁本说:"明天再来吧,孩子!""求求您啦,我今天说什么也得把这四个麻袋卖掉——我求求您啦!"耳闻孩子颤抖的哀求声,目睹孩子满含泪水的双眼,这个人不禁动了恻隐之心。

"你干吗这么急着要钱?"大人好奇地问。

"这是一个秘密,对不起,不能告诉您!"鲁本不肯泄露天机。

拿到四枚五分硬币后,鲁本含糊不清地向回收麻袋的人道了一声谢,便飞也似的跑回粮仓,取出铁盒儿,继而又拼尽全力,飞跑到那家商店,二话没说,便把一百枚五分硬币倒在柜台上。

鲁本汗流浃背地跑回家,撞开房门,冲了进去。"到这儿一下,妈妈,请您赶快过来这儿一下!"他扯着嗓子朝正在收拾厨房的母亲喊道。母亲刚一走到他的眼前,他便迫不及待地将自己用一年多的心血换来的珍宝放在妈妈的手里。妈妈轻轻打开包装纸,里面包着一个蓝天鹅绒首饰盒,盒内放着一枚心形胸针,上面镶着两个灿烂炫目的镀金大字"妈妈"。看到儿子在母亲节——五月第二个星期天——送给自己如此贵重的礼物,除了结婚戒指外没有任何贵重礼物的她热泪夺眶而出,一把将儿子紧紧搂在怀里……

文/佚　名　译/杜　莉

爱 的 力 量

　　《小男孩的心愿》叙述的是一个十二岁的小男孩挤了一年多的时间，一日不辍地捡麻袋，为的只是在母亲节这天能送母亲一枚胸针。我相信读完这个故事的朋友都会为主人公鲁本的那种勇气和力量所感动。到底是什么使得他这般执著？凡·高说："爱之花盛开的地方，生命之花便能欣欣向荣。"是啊，如果我们在心中播上爱的种子，那么有爱的地方就有了力量，这种力量往往能创造很多奇迹，能支撑着我们走得更远。因为一切困难都会在爱的面前望而却步。爱妈妈，给她一个意外的惊喜；爱爸爸，给他一次眼前豁然开朗；爱朋友，给他们做些力所能及的事；爱周围的一切，让自己的存在能给别人带来快乐。让真爱的花朵处处盛开，我们的生命就一定会更加绚丽！

赏析/海　萍

抬起头来做人

　　假如我们出生在富贵的家庭，我们也不能沾沾自喜，因为有钱的是我们的父母而不是我们，我们要靠自己的能力去实现自己的价值。

　　那一年，那个小男孩，不过八九岁。一天，他拿着一张筹款卡回家,很认真地对妈妈说:"学校要筹款,每个学生都要叫人捐钱。"

对小孩子来说,直接想到的人就是自己的家长。

小男孩的妈妈取出钱,交给他,然后在捐款卡上签名。小男孩静静地看着妈妈签名,想说什么,却没有开口。妈妈注意到了,问他:"怎么啦?"

小男孩低着头说:"昨天,同学们把筹款卡交给老师时,捐的都是一百块、五十块。"

小男孩就读的是当地著名的"贵族学校",校门外,每天都有小轿车等候放学的学生。小男孩的班级是排在全年级最前面的。班上的同学,不是家里捐献较多,就是成绩较好,当然,小男孩不属于前者。

那一天,小男孩说,不是想和同学比多,也不是自卑。他一向都认真对待老师交代的功课,这一次,也想把自己的"功课"做好。况且,学校还举行班级筹款比赛,他的班已领先了,他不想拖累整班。

妈妈把小男孩的头托起来说:"不要低头,要知道,你同学的家庭背景,非富即贵。我们必须量力而为,我们所捐的五块钱,其实比他们的五百块还要多。你是学生,只要以自己的品学尽力为校争光,就是对学校最好的贡献了。"

第二天,小男孩抬起头,从座位走出去,把筹款卡交给老师。当老师在班上宣读每位同学的筹款成绩时,小男孩还是抬起头来。自此以后,小男孩在达官贵人、富贾豪绅的面前,一直抬起头来做人。妈妈说的那番话,深深地刻在小男孩心里。那是生平第一次,他面临由金钱来估量人的"成绩"的无言教育。非常幸运,就在这一次,他学习到"捐"的意义,以及别人所不能"捐"到的、自己独一无二的价值。

文/梁文福

无须自卑

不可否认的是随着市场经济的发展,金钱在人们心目中的地位越来越重要了。很多人总是喜欢用拥有金钱的多少来衡量一个人能力的大小。这种唯钱主义是不对的。一个人的潜力是无穷大的，而且每个人在世界上都是独一无二的，是无价的，因此我们应该为自己的唯一性，骄傲地抬起头来做人。

或许我们的出生环境，让我们没有了选择的余地，但是我们可以选择我们未来的路。我们的骄傲源自我们自己的努力，所以，假如我们出生在富贵的家庭，我们也不能沾沾自喜，因为有钱的是我们的父母而不是我们，我们要靠自己的能力去实现自己的价值。当我们用自己的力量赚到了很多钱的时候，我们才真正有财富上骄傲的权利。

赏析/燕　子

骇 世 亲 情

不是每一个爸爸妈妈都像小女孩的爸爸妈妈那样面对死神的挑战，但是每个爸爸妈妈都爱自己的孩子。

一天半夜，一场特大的泥石流吞没了熟睡的小山村。天亮时分，救援人员赶到，小山村已夷为平地，全村无一人幸免于难。突然，有人惊叫："下面有声音！"大伙儿跑来一看，一间埋在泥石流下的小木屋，仅剩下一个屋顶。

救援人员刨开泥土，掀开屋顶，只见屋里全被泥沙填满，唯独房梁下还有小小的一点空隙,一个赤裸裸的小女孩儿一动不动地蜷缩着,看样子还不到两岁。救援人员赶紧将她抱出来,她却死活不肯离开,指着小屋哭出了声:"妈——"顺着小女孩儿手指看去,在她蜷缩过的泥沙处,隐隐约约露出一双泥手,十个手指。有人惊叫:"下面还有人!"顿时,救援人员以那双手为中心,沿着四周小心翼翼地往外刨。不一会儿,眼前出现了一幅惊心动魄的画面:一个半身赤裸的女人,个子很矮,全身呈站立姿势,双手高高举过头顶,像一尊举重运动员的雕塑……

这女人竟是一个盲人!她被挖出来时已经僵硬了。小女孩儿还不肯走,指着刨出的泥坑,又哭喊出一声:"爹——"天哪,难道下面有人?大伙儿立刻继续往下刨,就在女人脚下,又刨出了一个半身赤裸的男人,他昂扬屹立,身子直挺,双肩高高耸起……这男人也是一个盲人!

原来,矮女人是站在男人的双肩上,双手高高举着小孩……

文/吴 天

爸爸妈妈真伟大

《骇世亲情》是一个感人的故事。

在一次巨大的泥石流灾难中,全村的人都死了,只有一个小女孩活着,她是站在她爸爸妈妈用身体搭起的人梯上才得以生存的。她的盲人父母用生命换来了她的生存。

小女孩的爸爸妈妈真伟大!但想想,面对自己的孩子,有谁的爸爸妈妈不一样伟大呢?就像我的爸爸妈妈,整天面朝黄土背朝天,不分春夏秋冬地日出而作日落而息,从来不知道什么叫假日,什么叫娱乐。而他们的劳动成果,变成了我们的衣食住行,换来了我们可以安心地坐在宽敞明亮的教室里学习。他们付出的无怨无悔,不求回报,只要我们能过得好,能好好学习,天天向上,就是对他们最好的回报,就是他们最丰厚的收获。难道,这还够不上"伟大"二字吗?

不是每一个爸爸妈妈都像小女孩的爸爸妈妈那样面对

死神的挑战,但是每个爸爸妈妈都爱自己的孩子。作为孩子,我们也要爱自己的爸爸妈妈,要做一个勤奋听话又勤劳的好孩子,不辜负爸爸妈妈的一片苦心。长大后给爸爸妈妈优越的晚年生活条件,好好孝敬他们,因为,爸爸妈妈为我们付出的太多,太多了。

赏析/谢　园

看不见的爱

走出不远,突然身后传来一声清脆的瓶子破裂声,随即是划破夜空的、夸张得令人心碎的母子的欢呼声……

夏季的一天,天色很好,我决定出去散步。在一片空地上,我看见一个十岁左右的男孩和一位妇女。那孩子正用一只做得很粗糙的弹弓射击一只立在地上、离他有七八米远的玻璃瓶。

那孩子有时能把弹丸打偏一米,而且忽高忽低。我便站在他身后不远处,看他练习,因为我还没有见过打弹弓这么差的孩子。那位妇女坐在草地上,从一堆石子中捡起一颗,轻轻递到孩子手中,安详地微笑着。那孩子一颗颗接过来,一颗颗打出去,当然,他都浪费掉了。从那妇女的眼神可以看出,她是孩子的母亲。

那孩子很认真,屏住气,很久才打出一弹。但我站在旁边都可以看出他这一弹一定打不中,可是他没有罢手的意思。

我走上前去,对那位母亲说:"让我教他怎么打好吗?"

男孩停住了,但还是看着瓶子的方向。

母亲对我笑了一笑,说:"谢谢,不用!"她顿了一下,望着孩子悄悄对我说,"他看不见。"

我怔住了。

半晌,我喃喃地说:"噢……对不起,但为什么……"

"别的孩子都这么玩儿的,不是吗?"

"呃……"我说,"可是他……怎么能打中呢?"

"我告诉他,总会打中的。"母亲平静地说,"关键是他做了没有。"

我沉默了。

过了很久,男孩的频率逐渐慢了下来,他已经累了。

母亲并没有说什么,还是很安详地捡石子,微笑着,只是递石子的节奏也慢了下来。

我慢慢发现,这孩子打得很有规律,他射出一弹,向一边移一点,射击一弹,再移一点,然后再慢慢地反方向移回来。

他只知道大致的方向啊!

夜风轻轻袭来,蛐蛐在草丛中轻唱起来,天幕上已有了疏朗的星星。弹弓皮条发出的"噼啦"声和石子崩在地上的"砰砰"声仍在单调地重复着。对于那孩子来说,黑夜和白天并没有什么区别。

又过了很久,夜色笼罩下来,我已看不清那瓶子的轮廓了,但是男孩仍在尝试。

"看来今天他打不中了。"我想。犹豫了一下,我对他们说声再见,便转身向回走去。

走出不远,突然身后传来一声清脆的瓶子破裂声,随即是划破夜空的、夸张得令人心碎的母子的欢呼声……

文/[美]威廉·戈尔丁　编译/赵丽萍

最好的教育

高尔基说过:"爱孩子,连母鸡都会,关键是怎样教育孩子。"是的,天下的母性都是相通的,但是表现到爱的具体方式上就有很大不同了。故事中的"母亲"面对失明的孩子,她却在心中为他开启光明之门,她没有因为孩子的缺陷而采用特殊的教育方式,而是让孩子跟其他小孩一样玩弹弓,并告诉他"总会打中的",也正是这样一句话深深地打动了"我"。这个盲孩子接受了人生中最好的教育,因为母亲的教育方式使得他拥有一颗健全的心灵,有一个坚定不移的人生信念——"总会打中的"。

也许读完了这个故事,我们都会自问,拥有健全躯体的我们,是否也拥有健全的心灵呢?当我们屡屡失败的时候,我们还能不能保持自己走出困境的坚定信念呢?先别去责怪我们的父母,也许父母早就把这种信念教给了我们,只是,我们习惯用一双眼和一对耳朵去接受父母的教育,而很少用心灵去感受罢了。那就让我们从今天开始用心灵去感受,感受父母精心给予我们的一点一滴的爱的教育。

赏析/王笑天

冬　晨

我看见这时的胡伟眼角里流出泪水。
我的视线也模糊了,眼前的胡伟顿时高大
起来……

"圆圆!圆圆!快起床念书。"妈妈的几声轻唤把我从美梦里惊醒。妈妈真狠心,这么冷的天,早晨六点催人起床。我多想在暖和的被窝里美美地睡一觉。我来到洗手间，打开自来水，手一伸进水里，就触电似的一惊，又缩了回来。"我的妈呀！"我不禁叫了一声，于是我打了一盆热水洗脸。啊，这下可舒服多了。

我背完书，拿着妈妈给我的几元钱去吃早点。妈妈说，她随后就到。刚出家门，一阵阵呼啸的北风扑面而来，像刀割在脸上似的。我不停地对双手呵气。我来到早餐点，买了一碗大排面，一笼小笼包子，吃了起来。

这时，从洗碗池边传来了一阵阵清脆的水流声，洗碗声。我寻声望去，一个大约十二岁的小男孩侧身对着我不停地洗着碗。在他的举手之间，我看见一双布满裂痕的小手。洗碗池边堆放着一摞摞的脏碗。洗完了碗，只见他坐下来，从旁边的书包里拿出一本第九册的课本，就着略显昏暗的灯光，有感情地读起第二十四课《一分试验田》来。他那认真劲儿，不由得使我想起"凿壁偷光"，"囊萤映雪"的故事。"圆圆，快吃！"妈妈的话打断了我的思绪，我便大口大口地吃起来。

"老板，你又雇了一名童工呀，这可是违法的哟！"妈妈戏问老板。

"哪儿呀，是这位小男孩自己来的。你可不知道，他是个懂事的孩子。前些时他父亲去世了，不久前，他母亲又病倒在床上。为了接济家里，他死活要来我这儿洗碗挣点钱。"

听到这儿我明白了，他原来是我们邻班的同学胡伟，他是全校唯一受"希望工程"补助的"三好"学生。上星期在办公室里，他们的班主任批评他经常迟到，成绩下降。可他只是哭，什么也没说。

吃过早餐，我帮胡伟做完活。上学路上我问他："那天老师批评你，你为什么不说出真相？"他说："我怕老师告诉妈妈，妈妈会很伤心的。她再困难也不会让我打工的。"

我看见这时的胡伟眼角里流出泪水。我的视线也模糊了，眼前的胡伟顿时高大起来……

文/刘　圆

生活需要自强

人生如梦，生活无常。有人说生活是一片茫茫的森林，总爱与人捉迷藏；有人说生活是一座花园，充满鸟语花香。

一双布满裂痕的小手迎着的是冬天那寒风凛冽而料峭的早晨，虽然遭受生活的困苦与艰辛，但仍不忘坚持学习、自力更生的胡伟同学，不正是现在许多被父母视为掌上明珠、过着养尊处优生活的小朋友们学习的榜样吗？而对于像胡伟这样身处困境的人，我们应该像小作者一样，学会给予关怀、理解与帮助。这样，人间的温暖与善良之花才不至于过早、过多地被扼杀在无情的手里。

赏析/微 薇

母　爱

母亲不再拥有当年的迷人风采，然而母亲从来不埋怨岁月的刀痕之深，只为着儿女的羽翼能丰满。

有这么一个故事，说的是大山里有一个小村子，村里有个孩子叫阿宝。阿宝从小就多病，那时候在乡下求医问药可难啊，只能吃点草药，他家住的小山村离集镇挺远，他母亲常常一大早就起来，挑上一担柴，去集上为儿子换回大包小包的药来。一包药每一回总要煎上两三遍，直到药汤淡了，母亲才将药渣倒在门前的路上。

时间长了，门前那条路上撒满了药渣。阿宝很奇怪，便问母亲："为什么要把药渣倒在路上呢？"母亲告诉他："过路人踩着药渣就把病气带走了，你的病就会快一点好起来。"阿宝摇摇头："娘，病气被别人带走，那别人不就要生病了吗？"那一刻，阿宝的母亲什么也没说，只是把阿宝紧紧地搂在怀里。

后来，阿宝果真没见到母亲往门前的路上倒药渣了，可是有一天，他无意中却在屋后的一条山道上看到了满地的药渣——那是母亲上山砍柴的必经之路……

文/佚　名

药渣中的母爱

为了让儿子的病好起来，母亲宁愿自己踩药渣，带走"病气"。天下的母亲，为了心爱的孩子，银丝缓缓地铺盖了乌黑发亮的头发，皱纹悄悄地爬上了富有弹性的嫩红脸蛋，如水般的纤细手指毫不客气地干裂粗糙了，浑圆的身躯不堪重压地消瘦了。母亲不再拥有当年的迷人风采，然而母亲从来不埋怨岁月的刀痕之深，只为着儿女的羽翼能丰满。

母爱，就像天上撒下的甘露，细细地、绵绵地渗透到人间大地。

赏析/宋金玲

不要再邮寄拐杖

只要做儿女的能献出一点点爱，父母的
世界就会多出一份光彩。

小时候父亲曾让我猜过一个谜语："生出来四条腿，长大了两条腿，老了三条腿。"我怎么也猜不出来，父亲哈哈大笑："那是人啊！"这笑声至今还在耳边回荡，父亲却已挂上了拐杖。

我写信给兄弟姐妹，告诉他们："年迈的父亲走路需要拐杖了。"不知是我没写清楚还是他们没读懂，每人都邮来一根拐杖。

母亲过世早，父亲又当爹又当妈担起双重的责任，省吃俭用，含辛茹苦，把爱心全部倾注到自己的儿女身上，父亲老了。

为了生计我东奔西走，稍有空闲便困守案头，何曾注意过父亲的心情？父亲常走进我的房间，在我身边静静坐上一会儿，之后又回到自己的屋中。从里面传出电视机反反复复的开关声……

那一天，我问父亲是不是生病了，他含着泪说："你就是再忙，也该与我说说话……哪怕一个小时……"父亲的话令我惶恐。我捧起父亲那双日渐枯槁、布满青筋的手失声痛哭，那曾经是一双多么有力的手啊！而今，拐杖限制了他的自由，水泥墙使他脆弱孤独。

我要让年迈的父亲得到儿子时时送来的温暖。傍晚我搀扶着父亲去河边散步，仰望那静谧的星空，踩着松软的泥土，呼吸青草的芳香，看着流逝的河水。我把心中的喧嚣沉淀下来，留了一片宁静和真情去陪伴步履蹒跚的父亲。"我要永远陪伴着您。""不要这样讲，孩

017

子……"父亲又落泪了。不过,我知道,这次父亲的泪水是甜的,不是咸的。我写信给像种子一样散布在各地的兄弟姐妹,告诉他们:"不要再邮寄拐杖了,因为父亲身边有我。"

文/得　林

呵护父亲孤独的心

　　文章以"不要再邮寄拐杖"为题,叙述了一个感人至深的故事。在生活中,当年迈父母需要"第三条腿"时,这第三条腿不是一般意义上的"腿",年迈的父母需要它化去心中的孤独和寂寞,它是我们的父母愉快生活下去的源泉和动力。它就是来自儿女的一份关爱。

　　祖传父、父传子、子传孙……爱,是这种传递唯一的动力。我们可以说,只要做儿女的能献出一点点爱,父母的世界就会多出一份光彩。

赏析/晓　凡

母亲·儿子

　　"老吾老以及人之老"。把别人的父母当成我们自己的父母来爱吧。

　　满仓娘是个瞎子。满仓当兵时,她正患病在床,临走时他娘把他唤到床前摸了又摸,然后满仓一步三回头地当兵去了。

满仓出事那晚,风很大,地上的水洼结着薄薄的冰。满仓在抢修线路时,水泥柱突然倒塌,压在他身上。据后来查看,那根柱子被汽车撞过。在抬往连队的路上,满仓示意班长凑过头来,丝丝缕缕地说道:"不要让我娘晓得,不然她会受不了的。"说罢头一歪,去了。

满仓去后不久,连队掀起了学习满仓字体的热潮。满仓档案上填的是初中毕业,其实初中就上过一年。士兵们比练庞中华的字帖还要投入地练着满仓的字。满仓家里有哪些人,有几亩地,有几头猪,士兵们了解得很清楚,一封封信飞向那个小山旮旯里,信首都称娘。

满仓娘收到每一封信都欢天喜地的,请人念完后还要摸一摸,好像那就是满仓的脸,念信的人一念完,紧咬嘴唇,眼睛一红,赶紧往外跑,不能在屋里哭。全村人都知道满仓其实已经永远回不来了,就在村口的东山坡上,满仓被他们指导员和政治部组织科一位干事装在一个小匣子里带回来的。这些只瞒住一个人,满仓娘。

过年前,满仓说要回来看娘。过年的气氛很浓了,空气中散发着炮仗的火药香味儿,满仓又来信说,有任务,回不来了,同时寄回了一张照片,还有些药物、营养品。其实那照片,只是个和满仓穿一样衣服的兵。满仓娘把照片贴在胸口,直唤满儿。

又是一年,梧桐树叶落完了,满仓还是没有回来,满仓娘收到好多好多的信、药品、营养品,还有七十六张照片。满仓生前的连队那时正有七十六个兵。

满仓已是超期服役了。初冬的一天,满仓娘突然病情加重,昏迷不醒。黄昏时,醒过来了,她把满仓的姐姐唤到床前吩咐:"我见不到满儿了,我死了,千万不要让他晓得,他会伤心的,影响他干大事业……"说完,满仓娘干枯的手轻轻地抚摸着那一叠厚厚的、盖着红色三角邮戳的信,忽然不动了。

满仓娘去世的消息传到连队,她那群儿子都哭了。

文/赵增强

无尽的爱

因为爱,所以母子互相瞒骗。

因为爱,所以战友冒充儿子。

因为爱,所以觉得真相太残酷。

所以,有些时候,真相是一种希望的破灭和巨大的痛苦。

所以,有些时候,谎言与欺瞒,都是因为爱。

这些充满爱的谎言和欺瞒,让一个失去儿子的老母亲走得很安然。

"老吾老以及人之老。"把别人的父母当成我们自己的父母来爱吧。

赏析/花衣裳

瀚瀚和他的"臭爸爸"

瀚瀚和他的爸爸的脾气虽然犟得有点
儿臭,但是他们是真正的男子汉。

夜已经深了,爸爸喝多了酒,早就趴在床上打起了如雷的鼾声。瀚瀚蹑手蹑脚从床上爬起来,走到桌前,悄悄打开了台灯,展开纸,给远在美国的妈妈写起信来,当纸上出现"亲爱的妈妈"这几个字,鼻子一酸，一滴晶莹的泪珠落在信纸上，瀚瀚赶紧用手拭去，他拿起笔在信纸上"刷刷"地写起来……

这时，爸爸含糊不清地在床上嘟囔着梦话："阿玲，你听着……我就不信……我干不出个样来……你干吗非得出国？那里有咱们什么好果子吃？"

阿玲——爸爸常常这样呼喊妈妈的名字，当然，那是爸爸和妈妈没分手的时候。那时，瀚瀚爸爸单位不景气，他停薪留职开了家汽车零配件公司。命运之神好像总跟瀚瀚的爸爸开玩笑，人家开公司赚大钱，他却赔得一塌糊涂，临关张时，瀚瀚爸爸输得像条汉子，他把盘出店铺的钱大部分给了瀚瀚的奶奶和瀚瀚的叔叔，办公司时，瀚瀚的爸爸跟奶奶和叔叔借了许多钱，没有还清的，他给他们打了个欠条。爸爸把死死抠住的一万块钱留给了瀚瀚的妈妈，然后一个人闯海南去了。

瀚瀚的爸爸在海南给一家公司打工，他在填的招工履历表上填上了自己在北京曾经开过汽车零配件公司，公司老板认定他精于攻关，让他当了业务经理，专跑业务。瀚瀚爸爸觉得老板很器重自己，干得很卖力气。他哪里知道，凡是在这家公司干的人，经理全封了这样的"官职"。

到了年底的时候，经理让瀚瀚的爸爸去催一笔"呆账"，什么叫"呆账"呀？就是多年催不回来的账，账没催回来，把随身带的差旅费都花光了。回到公司，经理竟说瀚瀚爸爸无能，让他填了"过失单"，结了账，炒了他的"鱿鱼"。

形只影单的爸爸回到北京时，家里只剩下了瀚瀚，他妈妈已经出国了。瀚瀚的妈妈留下了一张纸条，纸上只有这样几个字："别怪我，我走了，可能不回来了。"瀚瀚妈妈走得也很"局气"，托邻居奶奶照管瀚瀚，把花剩的五千元留给邻居奶奶作为瀚瀚的生活费。她是花了三万元托一家公司办了个跨国公司业务员的假身份走的，那三万元是瀚瀚的妈妈给人家当"家教"赚的辛苦费，那不能算把家里的钱卷走了。瀚瀚妈妈给自己找的出国理由也很堂皇，说是出国深造外语，在国内的时候，她是在一家旅游中专学校教外语的老师。

瀚瀚爸爸没有骂瀚瀚的妈妈是"女陈世美"，瀚瀚的爸爸当年长得很帅气,妻子拼命地追求过他。瀚瀚爸爸把那张纸条撕了,拍着瀚瀚的肩膀说:"瀚瀚将来不喜欢爸爸,也可以走!谁都不欠谁的,是不是?"

瀚瀚哭着捶爸爸的胸:"不,我不走!你是个臭爸爸!我偏不离开臭爸爸!"

爷儿俩紧紧地抱在一起,大哭了一场——那是瀚瀚从生下来第一次看见爸爸哭。

爸爸回到北京后,等待他的命运却是原来待的那家工厂彻底破产了,也就是说他连个保存人事关系的后盾也不存在了。爸爸别无选择,只好申请办了个在街上修车的执照,在大街上修起车来。

头一天摆修车摊的早晨,爸爸对准备上学的瀚瀚说:"咱从工人变成了修车的,还是工人阶级,是不是?瀚瀚!"

谁知,修车的摊儿也不是那么好练的,瀚瀚爸爸见修车的人都往马路对面的修车摊子跑,他这边儿一个生意也没有,忍不住跑到马路对面看个究竟。他问那修车的小平头:"兄弟,你这边怎么这么红火?"

小平头见四周没人,小声说:"爷们儿,学着点儿吧,你看见没有?马路上我给他布上了'地雷',再说,你真憨,一个修车的,起什么照呀?有了照,每月那不得白白往税务扔几百呀?咱不干那傻事,我早就看啦,你那边换个气门芯儿一块钱,我这边儿五毛就搞定啦!哈哈!这叫薄利多销嘛!"

瀚瀚的爸爸仔细往马路上一看,路中间竟撒着许多亮闪闪的玻璃碴子。瀚瀚爸爸气不打一处来,吼道:"小子,你缺德不缺德呀?"

"缺德?"小平头撇着嘴说,"老子没有饭吃谁管呀?咱看你初练摊儿,才对你说,学不学在你,走走走!别在我眼前起腻!"

在瀚瀚爸爸回自己的摊位的时候,小平头狠狠骂了一句:"傻帽儿!像你这么干,还想挣钱哪!挣个屁!在练摊儿的群儿里混,你还嫩!"

在这种不公平竞争中,瀚瀚的爸爸又成了失败者,没过几天,他的修车摊子就关张了。在修鞋匠外地人行列中出现了瀚瀚爸爸的身影……

瀚瀚妈妈终于来了一封信,说她准备和一个美籍华人结婚。信中夹着一张离婚协议书,同时还寄来三千美元,说是作为瀚瀚的路费,如果瀚瀚同意,就接瀚瀚到美国洛杉矶去读书。

爸爸让瀚瀚看了信,让他自己拿主意,瀚瀚没说话,吃过晚饭,躺在床上蒙上了被子,这天晚上,瀚瀚爸爸喝了很多酒。半夜,瀚瀚从床上起来,流着泪给妈妈写信……

瀚瀚在信纸上这样写道:"……妈妈,我们就是这样过来的。你可以讲一百个理由说明跟爸离婚是对的,可我不同意。我已经不是小孩子了,是个懂是非的学生,我对爸爸是敬重的。爸爸总是失败,但他一天也没有停止过奋斗。我要郑重告诉您,我绝不离开我的臭爸爸……"

瀚瀚突然听到背后一阵轻微的抽泣声,他回头一看,爸爸不知什么时候站在了他身后。瀚瀚一下子扑在爸爸怀里,"哇"的一声哭了起来:"爸爸……我绝不离开你!绝不……我也不同意您在离婚协议上签字!"

"不,我跟你妈妈的事,没有谁对谁错的问题,妈妈的结局不错,总算没有嫁给……蓝眼睛的'美国鬼子'……孩子,为你妈妈祝福吧,她毕竟是你的妈妈呀!"爸爸抚摸着瀚瀚的头发。"孩子,怎么选择,这是你的自由,那笔钱爸爸给你留着,那是妈妈给你的,爸爸……是个无能的爸爸,不能给你什么……"

"不,我要给……妈妈寄回去!"瀚瀚说,"我要告诉妈妈,爸爸靠修鞋能活着,我也能!"

"爸爸可希望你能读好书,长大做一个有出息的人!"爸爸对瀚瀚说,"我的臭小子!"

第二天早晨,瀚瀚的爸爸挎着修鞋箱子出门,瀚瀚从床上跳起来说:"爸爸,等等我,今天是星期六,我也去!"

"你……干什么去?"爸爸疑惑地问。

瀚瀚蹬上了鞋子,大声对爸爸说:"帮爸爸修鞋,练摊儿去!"

爸爸的眼里噙着苦涩的泪水,勉强笑着说:"好!臭小子,跟爸爸练摊儿去!"

文/许延风

臭小子是小小男子汉

在生活面前，人应该做一个强者。这个故事中的瀚瀚和他的爸爸的脾气虽然显得有点儿臭，但是他们是真正的男子汉。

什么是男子汉？就是我与谁都不争，我与谁争都不弃。瀚瀚的爸爸在生活中遇到了挫折，但是没有放弃自己的理想，从开公司到给人家打工，再到自己练摊修车，在困难的时候不低头，不服输，用一种乐观的态度去面对困难，迎接生活中灿烂的明天。他是一个男子汉。

什么是男子汉？就是我的杯子很小，但我用我的杯子喝水。在不公平面前依然坚持自己的原则。瀚瀚的爸爸在经营修车摊的时候，发现对面的摊子竟然偷偷在马路上撒玻璃碴子，扎破路人的车胎，但是瀚瀚的爸爸不那么做，因为他是一个男子汉。

当然，男儿也有流泪的时候，当瀚瀚的爸爸发现自己的孩子深爱着自己的时候，当他发现自己的孩子开始长成一个小小的男子汉的时候，这个男子汉掉泪了。

赏析/陈跃天

爸爸妈妈要出差

小处的关怀是轻而易举的，幸福也是轻而易举的。

今天放学回家，艳艳看见奶奶又在剥花生，砸核桃。

奶奶今年八十七岁了，坐在小凳上，把一颗颗花生剥开，看长虫没有，发霉没有，一粒粒地凑近眼前细细看。她把大的放进一个大盘里，小的放进一个小盘里。她的手不灵便了，费力地剥着，专心地选着，细细地察看着，不让一粒霉花生混进盘里。剥完了，选好了，把花生洗干净后放在铁锅里加油炒。她把小粒的花生先炒，她说：混在一起就炒煳了。奶奶专心地炒着，快活地炒着，嘴唇一张一张的，像是香得她也想吃一样。一会儿奶奶说：“艳儿，快来尝尝，炒香没有？可别炒焦了。”

艳艳知道，奶奶没牙齿了，嚼不动花生，帮奶奶品尝：“真香，真香！”奶奶炒好花生，又用小锤在案板上砸核桃。奶奶一锤一锤地砸着，费力地砸着，白头发一飘一飘的。艳艳一直看着奶奶，奇怪地问：“奶奶，你又吃不了花生和核桃，炒这么多花生，砸那么多核桃干吗？”

奶奶说：“你爸爸最喜欢吃花生，妈妈最喜欢吃核桃，他们明天都要出差，我给他们一人装一点，让他们带上。”

平常爸爸妈妈每天晚上七点钟一定到家的，今天都八点了还不回家。快九点了，爸爸妈妈才敲门回来。他们的两手都提着大包的东西,艳艳忙去接过。哇!都是好吃的东西,还有一包热气腾腾的包子呢。妈妈高兴地说:"总算等到了这笼小笼包子。好多好多的人排队买。"

艳艳问:"我不喜欢吃包子。你们不是也不喜欢吃包子的吗?"

妈妈说:"奶奶最喜欢吃小笼包子了。妈,趁热,快来吃!"

爸爸还从大提包里取出蛋糕,酥饼,开心果,巧克力……妈妈说:"我们明天都要出差,给你们多准备点吃的。"

艳艳看见,奶奶吃着热腾腾的包子,眼里含着泪花;爸爸妈妈看见奶奶炒的花生,砸的核桃仁,眼里也含着泪花。

文/蒲华清

学会给家人温暖

奶奶为要出差的爸爸妈妈分别准备好炒花生与核桃仁,爸爸妈妈又为奶奶买了她最爱吃的小笼包。他们都因对方为自己所做的小事而热泪盈眶。在这个简短的故事里,我看到了一个温馨的家庭。他们都无微不至地关心着家人。

拥有一个温暖的家,是人生最大的幸福,很多人都曾为之而奋斗。艳艳的家人告诉我们:温馨家庭的建立,不是爸爸或者妈妈个人的努力,而是每个成员共同的付出。我想或许我们不需要做出什么惊天动地的大事,我们只需要真诚地关怀身边的亲人,从一些日常的小细节着手。小处的关怀是轻而易举的,幸福也变得是轻而易举的了。正如这个故事所说的那样。

赏析/陈艳芳

第二辑　生命的养料

　　美丽鲜花的盛开离不开园丁那一双双精心照料的手，茁壮成长的葱翠大树离不开地里的一层层养料，而生命中的成长离不开那让我们一次次感动的美好。即使是那么一件不起眼的小玩意，或许是一次平凡得不能再平凡的遭遇……它们也会在我们幼小的心灵里扎根，发芽，开花，而这些花香总是时常飘荡在我们的心间，最后催生出一种塑造我们成长的力量，这种力量使我们走向更加美好的生活，走向生命中的每一次成功。

每一次感动
都是心与心的碰撞
是爱的邂逅
是情感的交流
是你我散发的温暖
是滋润生命无法或缺的养料

生命的养料

爱是生命中最好的养料,只要有爱就有彩虹,生命就有希望。

一个小男孩几乎认为自己是世界上最不幸的孩子,因为患脊髓灰质炎而留下了瘸腿和参差不齐且突出的牙齿。他很少与同学们游戏和玩耍,老师叫他回答问题时,他也总是低着头一言不发。

在一个平常的春天,小男孩的父亲从邻居家讨了些树苗,他想把它们栽在房前。他叫他的孩子们每人栽一棵。父亲对孩子们说,谁栽的树苗长得最好,就给谁买一件最喜欢的礼物。小男孩也想得到父亲的礼物。但看到兄妹那蹦蹦跳跳提水浇树的身影,不知怎么地,萌生出一种阴冷的想法:希望自己栽的那棵树早日死去。因此浇过一两次水后,再也没去搭理它。

几天后,小男孩再去看他种的那棵树时,惊奇地发现它不仅没有枯萎,而且还长出了几片新叶子,与兄妹们种的树相比,显得更嫩绿,更有生气。父亲兑现了他的诺言,为小男孩买了一件他最喜爱的礼物,并对他说,从他栽树来看,他长大后一定能成为一个出色的植物学家。

从那以后,小孩慢慢地变得乐观向上起来。

一天晚上,小男孩躺在床上睡不着,看着窗外那明亮皎洁的月光,忽然想起生物老师曾说过的话:植物一般都在晚上生长。何不去看看自己种的那棵小树?当他轻手轻脚来到院子里时,却看见父亲用勺子在向自己栽种的那棵小树下泼洒着什么。顿时,一切都明白了,原来父亲一直在偷偷地为自己栽种的那棵小树施肥!他返回房间,任凭泪水肆意地奔流……

几十年过去了,那瘸腿的小男孩尽管没有成为一个植物学家,但他却成为美国总统,他的名字叫富兰克林·罗斯福。

爱是生命中最好的养料,哪怕只是一勺清水,它都能使生命之树苗壮成长。也许那树是那样的平凡,不显眼;也许那树是如此的瘦小,甚至还有点枯萎,但只要有这养料的浇灌,它就能长得枝繁叶茂,甚至长成参天大树。

文/明飞龙

爱是最好的养料

已不记得是第几次了,看到这种事迹,但还是一次又一次地被真诚的爱所打动。

故事中的小男孩是幸运的。他爸爸养育了他,又造就了他。与其说小男孩种树,不如说父亲在培植小男孩这棵"树"。小男孩自卑的心和阴冷的想法,犹如正在枯萎的小树苗。正是父亲的良苦用心和涓涓的爱的心泉的滋润,才使"小树"得以重生,得以苗壮成长,最终长成参天大树。而小男孩,也给了这份爱丰厚的回报。他当上了美国总统,把自己的青春和热情献给了美国人民,让自己的爱传遍美国的每一个角落,把希望带给祖国和人民。

爱是生命中最好的养料,只要有爱就有彩虹,生命就有希望。虽然不是每个人都能成为植物学家,或者当上总统,但是,李白告诉我们"天生我材必有用"。接受别人的爱时,也要献出自己的一份爱,不管它是多么的微不足道。"送人玫瑰,手中留香。"当我们成为别人的需要时,我们就会明白,自己是多么的重要,是多么的"命有所值"。

赏析/谢桂清

无弦的吉他

你要相信,你这样做,就是送给他一把内心的"无弦的吉他"。

齐秦曾经是一个在迷途上走得很远的孩子,喝酒,打架,天不怕地不怕,没有什么不敢做的。他父亲常常愤怒不已,但除了把他打个半死之外,也是无计可施。齐秦每次挨了父亲的痛殴之后,依然我行我素,为所欲为。

顽石终于受到重罚,在一次肇事之后,齐秦被押进台南的彰化感化院,羁期一年。亲友都疏远了他,在异乡的感化院,他异常孤独,渴望有那种温热的真情包裹自己。终于盼来姐姐齐豫的探视,他向姐姐说了一大堆的好话,保证自己一定会好好接受感化,重新做人。姐姐听惯了他的盟誓,挡了他一句:"你少来啊,你少骗我。"齐秦有点绝望。

七天后,齐秦从监管人员那儿得知有人来探视,疑疑惑惑地赶去,看到风尘仆仆的姐姐齐豫。姐姐给他买了洗发水、皮带、内衣、内裤等日常用品,笑着看他,听他说话,直到探视时间结束。打这以后,齐豫几乎每周都会从台北赶来看他。从台北到台南,从台南到彰化,从彰化到感化院,要倒好几趟车,光路上就得花去一整天的时间,尽管如此,齐豫都风雨无阻。

从感化院出来,父亲怕齐秦再惹是生非,把他关在家里,让他与世隔绝,阻断他与那帮朋友的来往。姐姐回家的时候,齐秦对她说:

"姐，我想做音乐。"她还是那句老话："少来啊，你少骗我。"

齐秦一个人在家里感到极端无聊，觉得自己还在感化院一样。这个时候，姐姐齐豫抱来一把崭新的吉他送给他，对他说："如果你想做音乐，你就好好弹！"齐秦的眼里流露出惊喜，抱起吉他兴奋地弹了起来。

有了这把吉他，家里便回荡着悠悠的吉他声，在这吉他声中，齐秦开始了人生的音乐之旅。后来，齐秦以《北方的狼》、《大约在冬季》、《原来的我》等一批脍炙人口的作品享誉华语乐坛。

齐秦为了音乐四处奔波，这把姐姐赠予的吉他在旅途中，音箱破了，就包扎好，断了琴弦，又续上……最后，它成了一把无弦的吉他，还一直被齐秦珍藏着，成了他心灵的慰藉和情感的支撑。无弦的吉他伴他在音乐中自由徜徉，让他在真情世界中遨游。

齐秦作客中央电视台《艺术人生》，在现场展示那把无弦的吉他，脸上洋溢着幸福的笑容，是被真情包裹着源泉于内心的微笑。坐在电视机前的我，深深地被齐家的姐弟情深所打动，竟然泪眼蒙眬。

也许，世上每一个人都在心里珍藏着一把无弦吉他，在这把吉他里，浓缩了人与人之间最纯的情感，至美的关爱，以及温暖一生的心灵牵手。

在人生旅途中，抽空抚一抚这把无弦的吉他吧，从此，阴霾消失，阳光晒在你的脸上，露珠滴落在你的心里。

文/陈志宏

弹唱关爱的歌

金无足赤，人无完人。每个人都犯过这样或那样的错误。如果你身边也有犯过错误的同学，你会怎么办呢？是包庇他蒙混家长老师和同学，来维护你们之间的"友情"；还是远离他，怕他的坏习惯影响了自己。我想文中齐豫给了我们最好的答案：即不包庇，也不远离，而是用一颗爱心去真诚地帮助他，关爱他，让犯了错误的同学能够知错就改。你要相信，你这样做，就是送给他一把内心的"无弦的吉他"。

赏析/晓 凡

红 木 钢 琴

一次打破规则的馈赠，改变了小女孩的一生。

很多年以前，当我还是二十多岁的小伙子时，我在路易斯街的一家钢琴公司当销售员，我们通过在全州各小城镇的报上登广告的方式销售钢琴。当我们收到足够的回函时，就驾着装满钢琴的小货车到顾客指定的地方去销售。

每一次我们在棉花镇刊登广告时，都会收到一张写着"请为我的孙女送来一架新的钢琴，必须是红木的。我会用我的蛋钱按月付给你们十块钱"的明信片。可是，我们不可能卖钢琴给每个月只能付十块钱的人，也没有一家银行愿意和收入这么少的人家接触，所以，我们并没有把她寄来的明信片当一回事。

直到有一天，我恰巧到那个寄明信片的老妇人住家附近，我决定到她们家去看看。我发现很多始料未及的事：她住的那间岌岌可危的小木屋位于一片棉花田的中央。木屋的地板很脏，鸡舍也在屋里面，看起来她显然不会有申请信用卡的可能性，她既没有车、电话，也没有工作。她所拥有的只是她头顶上稍显破烂的屋顶。然而在白天，我可以穿过它看到很多地方。她的孙女大约十岁左右，打赤脚，穿着麻布做的洋装。

我向老妇人解释我们无法以每个月偿还十块钱的方式卖给她一部全新的钢琴。但是这似乎没什么用处，她继续每隔六周就寄明信片给我们，一样是求购一部新的红木钢琴，并且发誓她每个月一定会付十块钱给我们。这一切真是诡异。

几年后，我自己开了一家钢琴公司，当我在棉花镇刊登广告时，我又收到那个老妇人寄的明信片，一连好几个月，我都没有去理会它，因为除此之外，我别无他法。

有一天，我恰巧前往那个老妇人住的地区，我的小货车刚好有一架红木钢琴。尽管我知道自己做了一个很不好的决定，我还是亲临她的小屋，并且告诉她我愿意和她订下契约，她可以以每个月付十块钱、免利息、分五十二次偿还的方式购得她想要的钢琴。我把新钢琴搬到房子里，并把它放在不会遭雨淋的地方。在我的告诫下，小女孩把屋里养的鸡赶远了一点儿，然后我离开了。当然，我的心情就像刚刚丢了一部新钢琴一般。

老妇人允诺将每个月要付的钱按时寄来，虽然有时候是把三个铜板贴在明信片上付款，可是一如当初所约定的五十二次，一次也不少。

二十年后的某一天，我到曼菲斯洽谈生意，在假日饭店用完晚餐后，我便到饭店中的高级酒吧坐坐。当我坐在吧台上点了一杯餐后酒时，我听到身后传来一阵优美的钢琴声，我转头看到一位可爱的年轻女人，弹着一手非常优美的钢琴。

虽然我也算是一位不错的钢琴手，可是我被她的钢琴声给吸引住了，我拿起酒杯走到她旁边的桌子旁，坐下仔细聆听，她对着我笑，问我想听什么。中场休息时，她过来和我坐在一起。

"你是不是很久以前把钢琴卖给我祖母的那个人？"她问我。

我一时想不起来，请她加以解释。

她开始告诉我，慢慢唤起我的记忆，我的老天啊！她就是那个当年打着赤脚、穿着破烂麻布衣的小女孩！

她告诉我她的名字是艾莉莎，因为她的祖母没钱让她去上钢琴课,所以她只好听收音机学琴。起初,她是在两公里外的教堂里表演,有时候也到学校表演,并且获得许多奖品和音乐奖学金。后来她带着美丽的大钢琴嫁到了曼菲斯。

我记起这件事,然后说:"艾莉莎,这里有点儿暗,可以告诉我钢琴是什么颜色的吗?"

她回答我说:"是红木色的。"并且问我:"为什么这样问?"

我一时说不出话,她知道红木钢琴代表的意义吗?她是否知道她祖母不选其他的种类,而坚持要买红木钢琴给她的原因吗?我想她不知道吧!

她是不是理解,为什么那个穿着破烂麻衣的美丽小女孩在未来有这样了不起的才艺?不,我想她也不晓得吧!

然而我知道。只不过当时我的喉咙哽咽得讲不出话来。

最后,我才说道:"我只是好奇钢琴的颜色随便问问,我以你为荣,假如你可以体谅我,我要回房去休息了。"

我站起来回房去,因为我不希望我这样一个男人在大庭广众下哭起来。

文/[美]亚士里拉·杰夫

爱 的 原 则

只要人人都付出一点爱,世界将变成美好的人间。这个故事再一次告诉我们:在爱面前,没有不可改变的原则。因为爱就是最大的原则。

一次打破规则的馈赠,改变了小女孩的一生。这都来源于祖母坚持不懈的努力背后所隐藏的无私的爱。

想想吧,当有人真正需要时却无力拥有,而我们又恰恰拥有,我们应该怎么做呢?

赏析/花衣裳

生 日 蛋 糕

这是一只非同寻常的、特别甜的蛋糕——孝心蛋糕。

一天晚饭后,桐桐突然对妈妈说:"以后我刷碗好吗?"

妈妈想起前不久学校召开家长会,要求家长多培养孩子的自理能力。"也许是老师对孩子也这样要求吧。"便点头同意了。

谁知桐桐却说:"刷碗得给钱,刷一个碗一元钱,爸爸的碗,妈妈的碗,还有我的碗,一共三元钱。"桐桐跑去翻日历,看了半天又说:"十天一共得给三十元钱!"

这么小的孩子就伸手要钱,将来怎么了得?妈妈想批评桐桐,话到嘴边儿又咽了回去。"看看他到底想干什么!"便答应了。

从那天开始,碗都是桐桐刷的,刷得可认真了。爸妈看在眼里乐在心上。转眼十天过去了。

这天桐桐刷完碗,把小手一伸:"妈妈给钱。"

妈妈说:"要钱可不是好孩子,告诉妈妈,要钱干什么?"

桐桐不高兴了,小嘴一撅,嘟囔说:"大人说话不算数!"

爸爸在一旁对妈妈说:"答应过孩子,不能失信!"

妈妈没办法,只好掏出三十元钱。

第二天是星期天,正巧是妈妈生日。爸爸刚把饭菜端上桌,桐桐便从外面捧一盒蛋糕回来。妈妈吃惊地问:"你哪儿来的钱买蛋糕?"

桐桐说:"这是我自己刷碗挣的钱!"

妈妈一下明白了,搂住桐桐说:"你真是个有心计的乖孩子。"

桐桐说:"以后再刷碗不要钱了!"

妈妈望望蛋糕,又望望桐桐,再一次把他搂进怀里。

文/滕毓旭

特别甜的蛋糕

  这是一只非同寻常的、特别甜的蛋糕——孝心蛋糕。它除了有一般的奶油、鸡蛋、水果等配料外,还有特殊的配料——孝心与劳动。它是桐桐用帮家里刷碗得来的钱买来送给妈妈的生日礼物。桐桐还说:"以后再刷碗不要钱了。"我想,听到这句话,他妈妈的心一定比吃了蜜还要甜,一定为自己有这么一个乖巧的儿子而感到骄傲。而另一方面,桐桐不但收获了劳动成果,而且尽了孝心,一箭双雕。我感到他也被幸福包围着。看了这个故事,我也有点迫不及待地想把我的劳动成果变成一份礼物送给妈妈。

赏析/陈艳芳

企　盼

正是这样一双手,扶养他长大,给了他
人世间最温暖的爱。

  他生下来就是一个瞎子。医生说治好双眼起码要五万元,而且没有把握能治好。父母彻底失望了,于是在他六岁那年冬天,父母把他丢在了一个陌生的地方。虽然母亲已经把最厚的棉衣给他穿上,可他还是觉得冷。他开始哭,"哇哇哇"地大哭,这一哭惊动了许多人。他一个劲儿地喊:"我要妈妈。"可是妈妈没有来,爸爸也没有来,他知道爸爸妈妈嫌他是个瞎子,不要他了。

后来,一双粗糙的大手拉起他那双冰凉的小手,一直拉着他走进一个温暖的地方。那个人说:"这就是我的家,以后也就是你的家了。"

那个人让他喊"叔叔",他就喊了。之后,叔叔就一点一点地让他熟悉这个家,告诉他床在哪里,火炉在哪里……

以后的日子,叔叔就去上班,他便在家里待着。叔叔怕他寂寞还给他买来许多玩具,有能跑的汽车、能打响的冲锋枪,虽然他看不见,可他愿意听声音,他觉得那是世界上最美妙的声音。

在叔叔的关心和照顾下,他慢慢地长大了,除了眼睛依然看不见,其他部位都很健康。他曾经问过叔叔,他长得什么样子?叔叔说他长得很好看,就像电视里的小帅哥。他没看过电视,当然不知道电视是什么样子的,更不知道那里面的小帅哥到底有多帅,他不禁失口说:"我要是能看见该多好呀!"叔叔听后,用那双粗糙的大手抚摸着他的脸,怜爱地说:"你不是听医生说,五万元就能治好你的眼睛吗?我正在努力地挣,不管治好治不好,我一定要试试。"躺在叔叔的怀里,他哭了,泪水从他那黑暗的眼里流出来,热辣辣的。

终于有一天,叔叔兴奋地告诉他,攒够了五万元,并激动地拉着他的手到医院,然后他被推进了手术室。

七天后,当医生准备要拆他眼睛上的绷带时,叔叔突然止住医生,说:"娃,如果你看到的世界不是一个样子,或者你还是什么也看不见,你会失望吗?"他说他不会。叔叔说,那我就放心了。

他紧紧攥着叔叔那双粗糙的大手,其实他心里极度紧张。医生小心地一层又一层地拆着,他的心一下比一下跳得猛。当医生把最后一层绷带拆掉时,他仍然害怕地闭着眼睛。后来,他慢慢地睁开眼睛,首先看到周围有许多人,可那些人的脸上都挂着泪。他一侧头,不禁惊呆了,他的身边竟坐着一个眼睛深深凹下去的瞎子,他顺着自己的胳膊一直往下望,发现自己正紧紧地攥着瞎子那双粗糙的大手。

文/闫 岩

关 爱 情 怀

《企盼》是一个催人泪下的故事,对于一个"天生是瞎子",六岁就被父母抛弃的孩子来说,身心的伤害是极大的,然而瞎子"叔叔"却收养了他,并从此开始了为他从心灵到身体的医治,让他终于得以重见光明。

故事中四次重复了叔叔那双"粗糙的大手",正是这样一双手,抚养他长大,给了他人世间最温暖的爱。用这样一双瞎子的手"挣五万元"那种艰难程度是非我们常人所能理解的,并且把重见光明的机会给了孩子,就连"他"的亲生父母都无法做到的事,然而瞎子"叔叔"却做到了。

爸爸妈妈常常教育我,要做个有爱心的人,可是,在瞎子叔叔面前,我真的深感惭愧,是他让我知道了以后的日子中应该怎样去关爱他人。

赏析/严 严

凤 凰 琴

只要拥有热爱生活、乐观自信的品格,无论生活中有多少艰难险阻,人生之路都会信步无阻。

六岁那年,我被一场无情的大火烧伤,肆虐的火舌吞噬了我姣好的面容。

植皮手术后，我被要求每天做三次颈部练习。牵动颈部僵硬的肌肉使我感到一阵阵难耐的痛楚。父亲一边安慰我，一边要我坚持，说这会帮助我重新抬头仰望天空。我不懂这话是什么意思。

毕竟是孩子，做完练习，我就一蹦一跳地在走廊上到处乱跑，这时，常常会有人用异样的眼光注视我，甚至指指点点。

我不知道自己被毁了容。

是母亲藏起了镜子。可父亲说："你能让小珂一辈子看不到自己吗？"

于是我就见到了镜子以及镜子中的那个人。她的颈部以上都是深浅不一的奇怪疤痕，蚯蚓似的扭曲蜿蜒，说不出的丑陋。我呆了半天，掉头问站在身后的父母："她是谁，怎么那么丑？"

母亲伏在父亲肩上哭了。父亲轻拍母亲的后背，哑声说："她是个美丽可爱的小姑娘，是爸爸妈妈的心肝宝贝。你再仔细看看她。"

我茫然地望一眼父母，手一松，镜子如一只中弹的鸟，僵直地坠落到地上，碎成一块块薄片，而我年幼快乐的心也随之坠入了无尽黑暗的深渊。

我拒绝再做颈部练习。父母千方百计开导我，我以沉默对抗，整天躺在病床上一言不发，后来干脆蒙上头，将他们的苦口婆心连同悲伤的眼神统统隔绝在被子外。

一天，我正靠在床头望着窗外发呆，突然听见走廊上传来父亲熟悉的脚步声。我赶紧转身躺下。

父亲走近前轻声唤我的名字，我装作睡着了没有应声。

父亲站了一会儿，似乎把什么东西放在床头柜上出去了。

我好奇地睁开眼，一架崭新的凤凰琴映入眼帘。琴身是鲜艳的绿色，琴盖上一只可爱的大熊猫瞪着圆溜溜的眼睛俏皮地望着我。我惊喜万分，迫不及待地掀开琴盖，两排红黄相间印有阿拉伯数字的琴键错落有致地绷在琴座上，一只天蓝色的菱形弹片插在四根绷得紧紧的琴弦间。

父亲走进病房时，看见我笑容满面，正手舞足蹈地拨弄琴弦。那是我照镜子后第一次露出笑脸。父亲笑着说："送给你的礼物，喜欢吗？"

我高兴地点头，不敢相信这是真的。记得以前我在商场看到并要过很多次，父母从未应允过。

父亲说："现在它归你了。但有一个条件，你必须每天做三次颈部练习。"

我的心"咯噔"一下，但怀中的凤凰琴以无比巨大的诱惑很快战胜了对疼痛的恐惧和小孩子近乎任性的自暴自弃。我咬咬牙，答应了。

父亲给我找来乐谱练琴。陶醉在自己亲手弹出的悠扬琴声中，我会暂时忘记所遭受的痛苦，但我依然不肯迈出病房的门。我害怕人们向我投射过来的异样眼光。我总是趴在窗口，悄无声息地俯瞰楼底下来来往往的人群。

当我做完最后一次颈部练习，坐在对面的父亲没有像往常一样立即赞许我，他注视我半晌才伸手抚摸我的脸说："好孩子。"父亲的表情不同寻常，声音也有些异样，眼里竟然噙着泪花。

我不解地望着父亲。父亲一向都是镇定从容的。

父亲掩饰什么似的揉揉发红的眼睛，指着窗外笑道："你看今天的天气多好，我们出去走走好吗？"

我立即被一阵莫名的恐惧包围住，怯生生地摇摇头。

父亲却不由分说地拉起我："走，我们去阳光下弹琴。"

刚出病房，我就紧张得浑身发热，想退回去。可是父亲坚实有力的大手紧紧牵着我，他昂首挺胸，大步流星地往前走，径直将我带到楼下广场青翠如茵的草坪上。

"好了，"父亲席地而坐，说，"就弹那首《在希望的田野上》吧。"

在父亲鼓励的目光下，我壮起胆子垂首轻拨琴弦。音符在我灵巧的手指下轻快地流泻出来，像一群快乐的小精灵活泼地跳跃飞舞。我的琴声引来很多人驻足围观。

父亲冲着人群大声说："这是我女儿，你们听她弹得好听不好听？"

围观人群的视线集中到我身上，顿时一片哗然。人们议论纷纷："这小姑娘怎么……""哎，可惜呀……"

我的心狂跳起来，脸一阵阵发热，额上沁出大颗的汗珠。

我恨不能捂住耳朵跳起来赶快逃离这难堪的地方。

父亲突然和着琴音放声高歌："我们的家乡，在希望的田野上……"

父亲嘹亮的歌声压住了四周的窃窃私语。人们不再交头接耳，渐渐安静下来，倾听着父亲的歌声。我悄悄地抬起头向父亲望去，父亲满不在乎地大声唱着，时不时跑了调，引来一小片笑声，但父亲仍然一脸的镇定豁达。也许是察觉到我的注视，父亲停下来凝望着我，好一会儿，然后他给了我一个坚定自信的笑容，一字一顿地说："别怕，你要学着勇敢一点。"

我终于被父亲的豪情所感染。我的目光越过父亲，向里三层外三层黑压压看热闹的人群望去。他们的表情各式各样：好奇、疑惑、不屑、漠然，应有尽有。我鼓足勇气，大胆地向那一张张脸庞扫视过去。我勇敢地和他们对视，泪水不知不觉间，顺着我的眼角大颗大颗地滚落下来。我使出浑身的力气，高高地仰头，看到头顶一片广阔清明的蓝天，还有融化我心底坚冰的灿烂阳光，我终于明白父亲说的"健康、正常地抬头仰望天空"的含义，原来只要我愿意，我真的可以做到勇敢，而且不只一点。

以后的岁月，我健康地成长。长大后，无论走到哪里，我都随身带着这只父亲送给我的凤凰琴。

文/王志奇

勇敢面对磨难

一场无情的大火让阴霾吞噬了六岁小女孩的内心，对生活的自暴自弃和自卑的心理让女孩把自己紧锁在房门内。我们不禁担忧，女孩未来的路要怎样走。如果带着自卑和对生活的失望上路，那么怎能享受阳光的灿烂和蓝天的高远。女孩的父亲用自己深沉又热烈的爱，叩开了女孩紧闭的心扉，一把凤凰琴让女孩在众人的注视下，勇敢地抬起了头，和着父亲《在希望的田野上》的歌声，女孩的琴声分外悦耳动听。

只要拥有热爱生活、乐观自信的品格，无论生活中有多少艰难险阻，人生之路都会信步无阻。

赏析/晓 凡

一碗牛肉面

我知道了人与人之间的爱是可以传染的,而且这种传染力相当强,可以让爱的火花永生不灭!

读大学的那几年,我课余一直在姨妈的饭店里打工。不为生计,只是为了磨炼一下自己。

那是一个春寒料峭的黄昏,饭店里来了一对特别的父子。说他们特别,是因为那个父亲是个盲人。他的脸上密布着重重皱纹,一双灰白无神的眼睛茫然地直视着前方。他身边的男孩小心地搀扶着他。那男孩看上去才二十来岁,衣着朴素得近乎寒酸,身上却有着一份沉静的书卷气,想来还是个正在求学的学生。男孩把老人搀到一张离我的收银台很近的桌子旁边坐下。

"爸,您先坐着,我去开票。"说着,他放下手中的东西,来到了我的面前。

"两碗牛肉面。"他大声地说。我正要低头开票,他忽然又面带窘迫地朝我用力摆了摆手。我诧异地抬起头,他朝我充满歉意地笑笑,然后用手指着我身后的价目表,用手势告诉我,要一碗牛肉面,一碗葱油面。我先是一怔,接着便恍然大悟,明白了他的用意,他叫两碗牛肉面是给他父亲听的。我会意地冲他一笑,开出了票。他的脸上顿时露出感激的神色。

第二辑　生命的养料

没有大人的夜晚·精华版

厨房很快就端来了两碗热气腾腾的面。男孩小心地把那碗牛肉面移到他父亲的面前,细心地招呼着:"爸,面来了,您小心烫。"自己则端过了那碗光面。

那老人却并不急着吃面, 只是摸摸索索地用筷子在碗里探来探去。好容易夹住了一块牛肉就忙不迭地用手去摸儿子的碗,把肉往儿子碗里夹。

"吃,你多吃点。"老人一双眼睛虽然无神,脸上的皱纹间却满是温和的笑意。在一旁的我也不由地被这张笑脸吸引住了视线。

让我感到奇怪的是,那个男孩并不阻止父亲的行为,而是默不作声地接受了父亲夹来的肉片, 然后再悄无声息地把肉片夹回到父亲的碗中。

"这个饭店真厚道,面条里有这么多肉。"老人心满意足地感叹着。

一旁的我却一身汗颜,因为我们饭店一贯唯利是图,面里其实只有几片薄如蝉翼的牛肉。

那个男孩这时趁机接话:"爸,你也快吃吧, 我的碗里都装不下了。"

"好、好,你也快吃。"老人终于低下了头,夹起了一片牛肉,放进嘴里慢慢咀嚼起来。男孩微微一笑,这才大口吃着他那碗只有几点油星的光面。

姨妈不知什么时候也站到了我的身边,静静地望着这对父子。这时厨房的小张端来了一盘干切牛肉,她用疑惑的眼神看着姨妈,姨妈努嘴示意,让小张把盘子放在那对父子的桌上。

那个男孩抬头环视了一下,见自己这一桌并无其他顾客,忙轻声提醒:"你放错了吧?我们没有叫牛肉。"

姨妈走了过去:"没错,今天是我们开业年庆,牛肉是我们赠送的。"

我一听这话,忙心虚地左顾右盼,怕引起其他顾客的不满,更怕男孩疑心。好在大家似乎都没注意到这一幕,而男孩也只是笑了笑,不再发出疑问。他又夹了几片牛肉放进父亲的碗中,然后把剩下的都放入一个装着馒头的塑料袋中。

这时进来了一群附近工地的建筑工人，店堂里顿时热闹起来。等我们忙着招呼完那批客人，才发现男孩和他的父亲已经吃完面走了。

小张去那张桌收拾碗时，忽然轻声地叫了起来。原来那个男孩的碗下，还压着几张纸币，那几张钱虽然破旧，却叠得平平整整，一共是六块钱，正好是我们价目表上一盘干切牛肉的价钱。一时间，所有的人都说不出话来，只有无声的叹息静静回荡在每个人的心间。

很多年过去了，我一直不曾忘记那对父子相濡以沫的一幕，不知他们如今可好。想来那样的儿子一定能为父亲和自己营造出一份温馨和安适。

这一点，我深信不疑。

文/唐顺英

爱 的 传 染

一碗牛肉面里的肉片在父子之间夹来夹去，父亲的爱传染给儿子，儿子的爱也传染给了父亲，而这对父子的爱又传染给了目睹他们吃那碗牛肉面这一幕的人，这是多么感人的场面啊！

读了这篇故事，我知道了人与人之间的爱是可以传染的，而且这种传染力相当强，可以让爱的火花永生不灭！当我们感受不到这种爱的时候，我想我们每个人都要思考一下，我们是否应该从自己开始做个传染爱的源头，那么世间将会处处开满爱的花朵！

赏析/林 枫

心　愿

爸爸妈妈把生活中的烦恼压在自己的
心中,把自己的心愿埋藏起来,在我们面前展
现开心和快乐,但在他们内心,一定也有属于
他们自己的,还没有实现的心愿。

吃过晚饭,母亲忙着似乎永远也忙不完的家务,刚上五年级的女
儿大声嚷道:"妈妈,问你个问题,你的心愿是什么?"

母亲先是一愣,接着回答:"心愿很多,跟你说没用。""您就说说
看,这对我很重要。"女儿执拗地要求。

"好吧,就说给你听听,第一,希望你努力学习,保持好成绩;第
二,希望你听话,不让大人操心;第三,希望你将来考上名牌大学;第
四,……"

"哎,妈妈,你怎么总是围着我打转转,能不能说说你自己呀?"

"我嘛——一是希望身体健康,青春常驻;二是希望工作顺心,事
业有成;三是希望家庭和睦,美满幸福;四是,……"母亲有滋有味地
历数着,沉漫在对美好的种种设想之中。

"哎呀,妈妈,您说的这些又大又空,能不能说点实际的?比如你
想要……"

母亲渐渐意识到了什么,有些火地打断女儿的话:"我就知道你
跟我玩心眼儿,一定是老师留了关于心愿的作文题目,你写不出来,

就想到我这里挖材料对不对？实话告诉你吧，我的心愿多着呢！我想要小轿车，我想要高档时装，看，我的皮包坏了，还想要一只鳄鱼皮手袋，这些你都能满足我吗？跟你说顶什么用？心愿说完了，你去写作业吧。"

女儿一直用惊讶的目光看着母亲，她也没有一句话，静静地走回自己的房间。

屋子里空旷旷的，安静得只听见墙上的钟摆声，母亲觉得有些话还意犹未尽，又站起身推开女儿的房门。女儿正在写作业，串串泪珠滚落，不停地用手背擦着，母亲的火气又上来了，比刚才的声音还要高出几个分贝，吼道："你还觉得挺委屈是不是？你想偷懒是不是？你故意气我是不是？"

"妈妈，我不是……"

"还敢顶嘴！告诉你，九点钟之前写不完这篇作文有你好瞧的！"母亲很权威地命令着，一扭身"嘭"地把门关上。

第二天晚上吃完饭，女儿照例进屋写作业，母亲照例重复着每日必做的家务。蓦然间，她发现茶几上多出一束鲜花，鲜花旁放了一个包装袋，包装袋上放了一张小纸条，纸条上面写着：

妈妈：

今天是您的生日，我用平时攒的零花钱和这两年的压岁钱给您买了一只鳄鱼皮手袋。让您高兴，是我的最大心愿。

想给您一份惊喜却不小心惹您生气的孩子

母亲的手颤抖了，呆呆地坐在沙发上，说不出一句话。

很多时候，大人的心愿太高不切合实际，过分关注自身却寄望于外物，烦恼往往由此而生。而孩子的心愿简单明了，朴素真挚，却往往不经意被大人忽略掉了。很多时候，稚嫩的童心需要大人们用心地呵护与培养，善良的性格与美好的品德不就是在一点一滴中形成的吗？

童心纯净，童心无欺，童心是一片不可忽略的世界啊！

文/肖　鸿

儿女送给父母的爱

小朋友,在你每天有规律的学习和生活中,除了完成自己应该做的事情,是否还费了一些心思想想爸爸妈妈的心愿呢?爸爸妈妈的生日你清楚地记得吗?

爸爸妈妈为了我们能有更好的生活和学习环境,常常是工作得很劳累。爸爸妈妈把生活中的烦恼压在自己的心中,把自己的心愿埋藏起来,在我们面前展现开心和快乐,但在他们内心,一定也有属于他们自己的,还没有实现的心愿。

爸爸妈妈对我们的爱和付出,我们永远也偿还不完。我们能做到的,就是用孝心回报爸爸妈妈,把快乐送给爸爸妈妈。如果你细心观察,用自己的双手给爸爸妈妈创造一个实现心愿的机会,爸爸妈妈一定会从心里感到来自你的幸福和甜蜜。

赏析/晓　凡

布拉德利的账单

布拉德利帮妈妈做了事,要妈妈为他的劳动付钱,妈妈通过她给布拉德利的账单,在小小的数据比较中教育了他。

八岁的小男孩布拉德利喜欢用钱来衡量每件东西。他想知道他看见的每件东西的价钱，如果这个东西不是很贵的东西，他便认为它毫无价值。

但是有很多东西不是用金钱就能买到的。其中有一些东西是世界上最宝贵的东西。

一天早晨，布拉德利下楼吃早饭，他把一张叠得整整齐齐的纸放在母亲的盘中。他母亲打开这张纸，她简直不能相信，但这的确是她儿子写的：

> 妈妈欠布拉德利：
> 跑腿费三美元
> 倒垃圾两美元
> 擦地板两美元
> 小费一美元
> 妈妈总共欠布拉德利八美元

妈妈看到这张条时笑了，但她什么也没说。

吃午饭时，她将账单连同八美元一起放在布拉德利的盘中。布拉德利看到钱时，眼睛都发光。他把钱很快地放进口袋，开始盘算着用这笔报酬买什么东西。

突然他看见在他的盘子边上还有一张纸，整整齐齐地叠着，像他给母亲的纸条一样。当他把纸条打开时，他发现是一张他母亲写的账单。纸条是这样写的：

> 布拉德利欠妈妈：
> 教养他零美元
> 在他得水痘时照顾他零美元
> 买衣服、鞋子和玩具零美元
> 吃饭和漂亮的房间零美元
> 布拉德利总共欠妈妈零美元

布拉德利坐在那儿看着这张新账单，没有说一句话。几分钟以后他站起来,把那八美元从口袋里拿出来,将它放在妈妈的手中。从那以后,他帮助妈妈是出于爱心的。

文/[美]休克尔

帮妈妈做工是不应该要钱的

布拉德利帮妈妈做了事,要妈妈为他的劳动付钱。妈妈通过她给布拉德利的账单,在小小的数据比较中教育了布拉德利,同时也教育了我。

很多时候,我们看到爸爸妈妈的工作有收入,就渴望自己也能像爸爸妈妈一样能挣到钱,因此每次帮助妈妈做事,或是妈妈要求做什么事时,总希望妈妈能付钱给自己。现在我们应该明白,自己为妈妈做那么一点点小事是不应该向妈妈要钱的。妈妈生养我们、抚育我们到现在,付出了那么多的劳动,但妈妈只收取"零美元"。而自己却向妈妈要酬金,这让人感到多么羞愧啊!

做错了事的孩子应该敢于改正错误,我们也要像布拉德利一样,知错就改,做个乐于帮助妈妈的好孩子。当然,如果爸爸妈妈主动提出要我们为他们打工,我们是应该欣然接受的。

赏析/黄 威

母亲的虎头鞋

母爱是最无私的爱。母亲用自己一生的力量为子女遮风挡雨,分忧解愁,不求一丝的回报。

桐儿满月的时候,母亲将六双虎头鞋包在一个包袱里送来。

这些小鞋子是多么可爱呀!母亲用平绒、条绒和绸缎做鞋面,颜色全是鲜亮的大红色,在这底色上,母亲绘制了一幅多美的图画啊:老虎的眼睛是金黄色的,四周有一圈短线,好像太阳发出的光芒,中间的瞳仁是黑的,老虎的脸颊及两个圆耳朵都被绿色的丝线锁了边,耳朵上还各绣了一小朵花;鞋帮的两边各绣了一棵水灵灵的小葱,根须历历可见,这葱一半碧绿一半雪白,顶端开着黄花结着黑子。鞋底是千层底,纳得非常细密,如白饼上嵌着芝麻粒。上面还绣着蜘蛛、花蛇、蝎子等物。

细细抚摸每一只鞋,我忽然无端地被泪濡湿了睫毛。这些鞋一双比一双只大一点点,可以满足孩子不断长大的双脚。一针一线都饱含着母亲的祝福:母亲希望桐儿聪明勇敢,能将人生的烦恼、痛苦、坎坷、失意统统踩在脚下。

我深深地知道母亲是在怎样的夜晚,怀着怎样的爱做成这些鞋的。

母亲是农村妇女,一生没离开过土地,她不识字,电视也看不太懂。父亲去世早,她把我们养大、供我们读书,然后我们像小鸟一样飞

051

走,留下她一人在那个院子里。我们曾想把她接走,可她不肯。她说:这是我的家呀!是的,这是她和父亲像燕子垒巢一样,一把泥、一把土、一把草建造起来的。

母亲是一棵树,早已根深蒂固地长在了这里。

母亲就这样把自己隐在小院里,在渐浓渐深的夜色里,在一盏孤灯和四壁冷清里,母亲拿起了针,一针针做起了虎头鞋。

经过一个个长夜,母亲的眼睛早已不再清亮,对父亲的思念和为我们的操劳使这双眼睛有些混浊。她几乎看不清东西,她哆哆嗦嗦地把针凑向灯光穿线,辨别半天才把针扎下去。母亲毕竟老了,可她做鞋又极其认真。她不会让老虎的鼻子歪一点点,也不会让老虎的胡须一边多一边少。这就如同她的爱,不会少一点点。好像她专注做鞋的时候,父亲就在身后凝视她一样。

这样的鞋,美得让人想珍藏。桐儿的小脚丫穿上它,多像加冕的皇帝。我的脚也享受过这份殊荣,可我却把它践踏在了脚下。

那时我上二年级,同班的同学早都穿买的鞋了,可我的脚上还是一双绣花鞋!不管这鞋做得多么精致,花儿绣得多么美,我还是成了大家讥笑的对象。我哭着跑回家,对母亲大吼:"我再也不穿这老古董了,我就是光脚也不穿地主阶级绣花鞋。"晚上,我偷偷把那双鞋放在了炉子上。第二天,我的枕边出现了一双新的白球鞋,而那双烧了几个洞的绣花鞋在母亲手里,母亲握着它们,在流泪。她好像要用伤心的泪水,把那些洞填满……

母亲小时候算过命,算命的说她福大命大,至于大到什么程度,算命的说:到河里洗衣,遇到她的鱼会沾上她的福泽;到林里拾柴,看到她的小鸟也会交上好运,逃过猎人的枪弹。可是现在,她享福了吗?

近年来母亲一天天消瘦,体重不到五十公斤。我们要她看医生,她总是说:"有钱难买老来瘦,我没病没灾的,去医院干啥?"可真一去,就查出了糖尿病,血糖高达十二点九。医生说,这个病至少得了有两年时间,跟过度劳累有关。

去年哥嫂下岗,要开火锅店,母亲拿出积攒了一辈子的三万元钱。今年年初,我想办一家小工厂。她又拿来了五千元钱。我不肯要,她说："你爸走得早，你们只有一个没本事的妈，这点钱也帮不上什么忙。"五千元，也许还抵不上某些人的一顿饭钱，可在我的眼中，这分明是母亲的血和汗啊！

重阳节我回去看望母亲，门居然上了锁。邻居说："可能去市场了。"

离村子不远的市场门口，我的目光被几双似曾相识的虎头鞋吸引——这里也有卖虎头鞋的？当看到那坐在马路边上的卖鞋人时，我惊呆了！那是年近七旬的母亲。她穿着一件雪白的衬衫，头发也像雪一样白，被风吹得有些凌乱。她没有大声叫卖，只静静坐在那里，埋头纳着一只鞋底。身边的篮子里放着虎头鞋，地上还铺着一张报纸，上面摆放着用各种碎布做成的鞋垫。有人上前问价，她回答："鞋垫毛边的一双一元，沿边的一双一元二角；虎头鞋一双十元。"我不知道那个人买了什么没有。因为站在风口的我，早已泪眼模糊……

几星期后，二姨打电话给我："你妈年初到我这儿拿了五千元钱，也没说干啥用。我已说过不用还，可她昨天还是执意送了来。唉……"年初，正是我急需用钱的时候。而母亲卖虎头鞋，竟是为了替我还债！

母爱，原来是这个世界上最不需要偿还、也永远还不清的爱啊！晚上梦见母亲又为我做了一双千层底的虎头鞋，我穿着它一直走到天之涯海之角……

文/郑小萍

永远还不清的爱

母爱是最无私的爱。母亲用自己一生的力量为子女遮风挡雨，分忧解愁，不求一丝的回报。年少的我们或多或少都曾因虚荣心，为身上的旧衣，为别人有而自己得不到的心爱之物而对父母要性子，发脾气。就像文中的"我"，把母亲一针一线缝制的绣花鞋偷偷放在炉子上。

当我们渐渐品味出母爱醇厚悠长的馥香，母亲已是鬓染白霜。文中的母亲一天天消瘦，疾病缠身。即便这样，她还是不让儿女为她操一点儿心。相反，她心里依然装满了子女，哪怕是你生活上的一点点小困难，她都愿竭尽她的全力，用她骨子里的坚强和力量为你承担全部。缝进虎头鞋里的一针一线，蕴藏了我们永远也还不清的母爱啊。

赏析/晓　凡

第三辑　爱中有天堂

　　也许我们永远也不会忘记在上幼儿园的时候和自己交换小礼物的小朋友们，也许我们永远也不会忘记和自己划分"楚河汉界"的小同桌，也许我们永远也不会忘记那次和他闹下的小矛盾……正是他们，我们才有了难忘的美好童年，才有了终生难忘的友谊。也许我们会从这头搬家到那头，会从这学校转读到那学校，会从这朋友认识那朋友，但是我们收获的却是一个又一个的朋友，并开出了一朵朵人间最美的友谊之花。

我们在春天
把友谊之花播种
用真情浇灌每一个相伴走过的日子
花朵四季散发着醉人的馨香
我和你手拉手的背影被日光拉长
留在发黄温暖的扉页里

生命的药方

我们每个人都有害怕孤独的时候,我们都
渴望有结伴同行的快乐。

德诺十岁那年因为输血不幸染上了艾滋病,伙伴们全都躲着他,
只有大他四岁的艾迪依旧像以前一样和他一起玩耍。离德诺家的后
院不远,有一条通往大海的小河,河边开满了五颜六色的花朵,艾迪
告诉德诺,把这些花草熬成汤,说不定能治他的病。

德诺喝了艾迪煮的汤,身体并不见好转,谁也不知道他还能活多
久。艾迪的妈妈再也不让艾迪去找德诺了,她怕一家人都染上这可怕
的病毒。但这并不能阻止两个孩子的友情。

一个偶然的机会,艾迪在杂志上看见一则消息,说新奥尔良的费
医生找到了能治疗艾滋病的植物,这让他兴奋不已。

于是,在一个月明星稀的夜晚,他带着德诺,悄悄地踏上了去新
奥尔良的路。他们是沿着那条小河出发的。艾迪用木板和轮胎做了个
很结实的船,他们躺在小船上,听见流水哗哗的声响,看见满天闪烁
的星星,艾迪告诉德诺,到了新奥尔良,找到费医生,他就可以像别人
一样快乐地生活了。

不知飘了多远,船进水了,孩子们不得不改搭顺路汽车。为了省
钱,他们晚上就睡在随身带的帐篷里。德诺咳得很厉害,从家里带的
药也快吃完了。这天夜里,德诺冷得直发颤,他用微弱的声音告诉艾

迪,他梦见二百亿年前的宇宙了,星星的光是那么暗那么黑,他一个人待在那里,找不到回来的路。艾迪把自己的球鞋塞到德诺的手上:"以后睡觉,就抱着我的鞋,想想艾迪的臭鞋还在你的手上,艾迪肯定就在附近。"

孩子们身上的钱差不多用完了,可离新奥尔良还有三天三夜的路。德诺的身体越来越弱,艾迪不得不放弃了计划,带着德诺又回到了家乡。不久,德诺就住进了医院。艾迪依旧常常去病房看他,两个好朋友在一起时病房便充满了快乐。他们有时还会合伙玩装死游戏吓医院的护士,看见护士们上当的样子,两个人都忍不住大笑。艾迪给那家杂志写了信,希望他们能帮助找到费医生,结果却杳无音讯。

秋天的一个下午,德诺的妈妈上街去买东西了,艾迪在病房陪着德诺,夕阳照着德诺瘦弱苍白的脸,艾迪问他想不想再玩装死的游戏,德诺点点头。然而这回,德诺却没有在医生为他摸脉时忽然睁开眼笑起来,他真的死了。

那天,艾迪陪着德诺的妈妈回家。两人一路无语,直到分手的时候,艾迪才抽泣着说:"我很难过,没能为德诺找到治病的药。"

德诺的妈妈泪如泉涌:"不,艾迪,你找到了。"她紧紧地搂着艾迪,"德诺一生最大的病其实是孤独,而你给了他快乐,给了他友情,他一直为有你这个朋友而满足……"

三天后,德诺静静地躺在了长满青草的地下,双手抱着艾迪穿过的那只球鞋。

文/[美]托马斯·沃特曼

孤独的药方

小艾迪虽然没能给好朋友德诺找到延续生命的药方,但他却给了德诺一生中最好的药方,那就是孤独的药方——快乐的友情。

我们每个人都有害怕孤独的时候,我们都渴望有结伴同行的快乐。虽然命运一次次地捉弄我们，但我们可以用孤独的药方——友情来陪伴即将离去的朋友，以快乐蔑视死神，让温馨的幸福永远荡漾在逝者的脸上。

赏析/芳　芳

爱中有天堂

建立在真诚和心与心的关爱基础上的
友谊才能够经得起时间的考验。

两个小男孩是最好的小伙伴。在欢乐的童年时光，他们一起唱着歌长大。后来，两个人读同一所小学，仍然形影不离。

那天是个很普通的日子，他照样去找小伙伴一起上学，却发现小伙伴家家门紧闭，空无一人。听邻居说，小伙伴得了一种病，已被家人送到了医院。他二话没说背起书包就往医院跑，一直跑到筋疲力尽，他终于看到了躺在床上的小伙伴。小伙伴全身虚肿，痛苦不已。他问小伙伴还上不上学去，回答他的是不知所措的哭声。

他一个人去了学校。失去了小伙伴的他开始变得有些闷闷不乐。小伙伴患的是一种无法直立行走的病。他幼小的心灵并不太懂得忧伤，只是替小伙伴感到惋惜和难过，小伙伴不能走路而且失去上学的机会，他该有多么伤心。

他终于做出了一个决定：每天背着小伙伴上学跟放学回家。只为了和小伙伴在一起的欢乐，只为了小伙伴能够上学。父母反对，因为怕他承担不起,他们也担心影响他的学习和生活。只有小伙伴高兴,两颗童心的碰撞简单而且纯粹,少了世俗与顾虑。

他开始背着小伙伴迎来日出,送走晚霞。为了小伙伴上学,他必须绕远路去小伙伴家中接他上学。他拒绝了所有同学的帮助,用他瘦弱的身躯去背负因为患病而肥胖许多的小伙伴。小伙伴也拒绝让别的同学背,因为小伙伴认为只有他背更安全更值得信赖。

从小学到初中,无论风霜雪雨,他从未间断接送小伙伴的任务。他从来都认为他在做一件很普通的事,几年里的路程,洒落多少汗水,他从未想过要求小伙伴家中为他做些什么,而小伙伴也从未向他表示过感谢,并且一如既往地做他最要好的朋友。

然而有一天,他得了白血病,急需许多钱和大量血液。小伙伴的父母起初也送了一些钱到他家中,但是后来不见病情好转,就不敢再花钱了。小伙伴得知他需要输血时,毫不犹豫地把胳膊伸向前去,说:"把我的血输给他。他病好后还要再背我上学呢!"一句话说得父母大为惭愧,拿出了所有积蓄为他治病。

高尚行为其实都很平常,平常到如同两颗少年的心的碰撞,这样的爱,就是我们一生追寻的天堂之爱。而这样的天堂,就在我们的内心深处,就在我们被遗落的童年时代。天堂并不在遥不可及的天上,如果我们曾经用心,曾经毫无保留地去对一个人好,那么我们就会发现,身边有爱,爱中有天堂。

文/崔　浩

年少的友情

我们都想拥有一份真诚的友情,有知心的朋友与自己共同分享快乐和忧伤。但是你知道朋友之间真正的友谊是怎样建立起来的吗?建立在真诚和心与心的关爱基础上的友谊才能够经得起时间的考验。

文中的小主人公为了给自己的小伙伴上学的快乐,历经风霜雪雨,在那条上学的路上铺满了厚厚的友谊石子。他认为是很普通的事,在我们眼里却是多么高尚的行为。当他身患重病时,他的小伙伴用自己的行动再一次给我们做出了关于友谊的最好答案。

赏析/陈　思

当死神撞击友情

> 朋友间必须是患难相济,那才能说得上是真正的友谊。

二〇〇二年初春,暖洋洋的阳光映衬着湛蓝的天空,沁人的海风拂过脸颊,这是一个钓鱼的绝好天气。尼克·帕来特向六十二岁的老朋友彼得·多保问道:"还没抓到什么鱼?"长满络腮胡子的多保冲他的年轻搭档笑笑,得意地甩上一条鲭鱼作为回答。尽管比他的老伙计小二十岁,帕来特和多保已成了忘年交。最近发生的一些悲剧使两人的友情愈加深厚。年初,与他们俩都颇有交情的一位朋友在飞机失事中罹难;随后不久,多保的妻子在与癌症抗争了四年之后撒手人寰。尽管多保的两个儿子对父亲关怀得无微不至,帕来特还是感受到了这位老人心中的苦痛。帕来特在心中默默地祈祷着,希望此刻的好天气能使自己的老朋友心情渐渐好起来。

多保说:"我去岛顶看看情况怎么样。"于是,他拖着渔具向小岛的高处走去,从那儿他能看见海面的整体情况,但他的鞋子被一块突出的岩石钩住。他一使劲儿,竟跟跟跄跄地栽落下来。也就在这时,帕来特听到身后传来一声尖叫,他没来得及转头弄清发生了什么,就感觉肩膀被撞了一下,人随之被推到了一边。是多保在坠落的瞬间把帕来特推到了一边以免朋友被自己牵连。帕来特惊恐地目睹着这一切:多保的身体先是摔到了陡峭岩石上,随后是沉闷而又惊心的撞击声,是多保的头撞在了一块石头上。最后多保从两百英尺高的崖顶坠入了汹涌的大海!

"彼得!"看着多保像木头一样漂浮在海面上,帕来特疯狂地叫喊着。一瞬间,无数念头交集在这个年轻人的脑中:他还活着吗,我该做些什么?我要冒险跳下去吗?友情很快战胜了恐惧与犹豫。帕来特后退两步,纵身跃入了波涛翻滚的大海。帕来特扑打着海浪,拼命地游到多保身边。此时,多保的头部已严重受伤,头盖骨已经露了出来,殷红的鲜血正从嘴角渗出,他的眼睛也因受了伤而几乎睁不开了。"彼得!"帕来特不停地呼喊着,试图使他苏醒过来,"坚持住,彼得,我们马上离开这儿!"帕来特用右手紧紧抓住多保的衣领,然后左手划动,拼命地游向小岛的方向。

他知道他们没有多少时间,十四年的海上经历使他谙熟大海的各种情况。尽管他们目前体温还是正常的,但由于没有防水衣、帽子、手套、鞋和救生设备,不用十分钟他们的体温就会降低,随后,他的力气将会耗尽。多保和他就会溺水或撞礁而死。两个人在海浪中时沉时浮,就像处在失控的电梯当中。帕来特抓住下一个海浪冲过来的时机试图在光秃秃的岩石上找到一个凸起的地方,结果他失败了,海水又把他们卷回大海。当海浪又一次将他们推向高处,帕来特设法抓住了岩石。当海水退去的时候,他们两个人成功地留在了一块岩石上。"我们成功了!"帕来特兴奋地喊道。不幸的是,刚过了一小会儿,海水又涌了上来,直到没过他的头顶。这次他再也抓不住了,他们又从岩石上滚了下来。帕来特的左胳膊拼命地划水,尽量接近岩石,他抓着多保衣领的右胳膊已经开始酸痛,渐渐失去知觉。他们在海水中至少已经停留了五分钟,撑不住更长时间了。

帕来特从来没有觉得如此的孤单,如此的绝望。他的妻子知道他们钓鱼的地方,但还要很久她才会意识到情况不妙而去报警。两百英尺高的崖顶上也许会有行人走过,但只有站在多保摔落的那块岩石上才可以看见他们。他感觉死神正向他步步紧逼。难道要扔掉挚友,独自逃生?"不,绝对不行!多保的妻子刚刚去世两个月,他们的孩子绝对不能再失去父亲了!我也绝对不能失去多保!"帕来特打定主意,要与多保共存亡。潮水又一次涌来,将他们冲向小岛。帕来特再一次成功地抓住一块岩石。帕来特努力平复自己紧张、绝望的心情,苦苦思索着求生的办法。他记起海浪是有一定规律可循的:大概七个中等规模的海浪过后,会有三个较大的海浪伴随而来。他必须在岩石上找到很好的落脚点,否则,过不了多久,他们就会被较大的海浪吞下去。帕来特向远处的大海眺望,他看到了巨大的海浪。难道我们生命的最后时刻已经来临了吗?

巨大的海浪呼啸而来,把他们推向更高。帕来特借机拼命抓住岩石中一条细的裂缝,他把左手伸进去,然后握紧拳头来支撑。现在他仅凭一只胳膊支撑着两个人的体重,而且湿透的衣服变得越来越重。帕来特的脚不停地搜寻,终于找到了一个支点。又一个海浪打来,狠狠地冲击着他们。这一次他抓得很牢固,没有被卷下去。但帕来特的力气已经快要耗尽了。"彼得,你要帮助我,"他喊道,"我一个人撑不下去了,我的胳膊失去知觉了。"帕来特希望多保的腿能帮上忙,他用脚搜寻着其他的落脚点。"在那儿!"他兴奋地喊道,"那儿有一个洞,你正好可以把左脚放进去。"苏醒过来的多保努力地把脚向上挪了几英寸,在帕来特的帮助下把脚放到了那个洞中。由于多了个支撑点,帕来特的右胳膊得到了舒展。他看了一眼多保血肉模糊的脸,意识到他的朋友几乎看不到东西,于是告诉他:"彼得,你只要把重心放到那只脚上就可以了。"休息片刻,帕来特拖着多保艰难前进,在他们一点一点的前进过程中,可以支撑的地方越来越多,岩石也变得越来越粗糙。然而帕来特仍然感到恐惧,因为他们随时都有可能被巨大的海浪重新卷回海中。他的手一直紧紧抓着多保的衣领,生怕不小心失手丢掉朋友的性命而前功尽弃。当帕来特拖着多保回到岸边时,他感觉似乎经历了一个世纪般漫长,想起刚才在汹涌的海浪中与死神搏斗的情景,仍心有余悸。

多保看起来情况更严重了,在鲜血的映衬下,他的脸苍白如纸。帕来特把他前额绽开的皮肤轻轻地抚平,遮住露出的头骨。他用多保来时戴的那顶帽子轻轻地堵住鲜血不断涌出的伤口,然后把他的身体舒展开,使他舒服一点。"彼得,不要把帽子拿开。我必须去寻求援助,你一定不要乱动。"帕来特不想离开多保,现在多保处于半昏迷状态,有可能又掉进海里,但是帕来特没有选择的余地。他开始攀登陡峭的悬崖,这两百英尺高的悬崖是对他生命极限的又一次挑战,稍不留神,他就将坠入大海,丢掉性命。锋利的礁石磨得他手臂、大腿伤痕累累,不断溢出的鲜血染红了礁石。帕来特忍住伤痛,努力登攀,心中牵挂的只有朋友的安危。

地方银行职员黛比·库珀的房子就建在崖顶。帕来特磕磕碰碰地走进房间后就瘫倒在地上。"我需要一辆救护车,"浑身是血的帕来特低声说道,"不是为我,是为了我的朋友。"半个小时后,多保被成功地救回悬崖顶部。在救护车里,帕来特躺在多保的身边,尽管寒冷、疼痛及乏力的感觉一齐袭来,他还是抑制不住心中的喜悦,因为他们之间的深厚友情终于战胜了死神。

一年之后,彼得·多保的身体完全康复了,但尼克·帕来特的胳膊和腿严重受伤,留下终生残疾。鉴于帕来特在抢救朋友过程中勇敢、无私的表现,二〇〇三年三月英国政府授予他"勇敢"勋章。

文/东　萍

患难相济,勇者无畏

一曲撼人心魄的人间挽歌,一个"惊天地,泣鬼神"的惊人历险。一对忘年交在生命、友情之间作出了最痛苦的抉择。死神走了,一个伟大的友情诞生了。多保康复了,帕来特成了英国人民的骄傲。

俗话说:"马逢伯乐而嘶,人遇知己而死。"在生活中,在古今中外的历史中,这样的故事不下万万千,中国春秋战国"高山流水遇知音"中的俞伯牙和钟子期,鲍叔牙和管仲等故事流传千古,在这里,友情超出了贫富贵贱之分。他们的友情都成就了对方,成了流传千古的一种美德。

朋友间必须是患难相济,那才能说得上是真正的友谊。

赏析/晓　凡

祝你生日快乐

*给朋友一点爱，我们也能感受到爱。在
朋友最需要帮助的时候出现，我们也能感受
到快乐。*

在一个阳光明媚，鸟声啁啾的清晨，约翰·埃文斯拖着沉重的脚步走进了我的生命里。他是一个衣衫褴褛的小男孩，身上穿着的是别人穿过的特大号的旧衣服，脚上穿着的鞋子早已经破旧不堪了，接缝处全都绽开了口子。

约翰是黑人的儿子，他的父母是农业季节工人，最近刚迁居到我们这个位于北卡罗来纳州的小镇来采摘这一季的苹果。这些工人们是最贫穷的工人，他们所赚的钱仅仅只够养家糊口的。

那天早上，约翰·埃文斯站在我们二年级教室的前面，一脸的倒霉相。当我们的老师帕梅尔夫人在点名册上写下他的名字的时候，他则不时地交换着双脚站立。虽然我们不能确信这位不上档次的新同学今后的表现会如何，但是，我们已经在下面对他指指点点，小声地非议起他来了。

"那是什么啊？"坐在我身后的一个男孩咕哝道。

"谁快把窗户打开吧！"一位女生笑着说。

帕梅尔夫人抬起头，双眼透过她的老花镜注视着我们。我们的议论声顿时停止了。然后，她又低下头去继续做日常的案头工作了。

"同学们,这是约翰·埃文斯。"少顷,帕梅尔夫人才又抬起头,向我们介绍说,听得出来,她在努力地使她的声音听起来充满热情。而约翰则笑容满面地环顾着大家,希望我们也能对他报以微笑。遗憾的是,没有人对他微笑。但是不管怎样,他仍旧咧着嘴笑着。

而此时此刻,我则竭力地屏住呼吸,希望帕梅尔夫人不会注意到我身边的那个空位子。但是,她还是注意到了,并且对约翰向我这边指了指。当他轻轻地走近座位的时候,他看了看我。但是,我却扭过头去,转移了视线,让他不要误认为我会答应他成为我的新朋友。在约翰到我们班级第一个星期即将结束的时候,他发现自己仍旧是学校里最不受欢迎的人。

"这一切都是他自己造成的,"一天晚上吃晚饭的时候,我对妈妈说,"他几乎连最简单的计算都不会!"

逐渐地,妈妈通过我每天晚上的评论,已经对约翰有了非常深入的了解了。她总是耐心地倾听我的述说,除了时不时若有所思地说声"嗯"或者"我明白"之外,她几乎不发表任何意见。

"我可以坐在这儿吗?"一天,约翰手里端着午餐托盘,站在我的面前,面带笑容地问我道。

我下意识地向四周看了看,看有没有人在注意我们。"可以,你坐吧。"我无精打采地答道。

于是,我一边挨着他吃饭,一边听他不停地闲谈。这时,我才逐渐明白,我们以前对他的那些嘲弄真是太不应该了。其实,他是一个很容易相处的人,和他在一起,会让你感到非常愉快,不仅如此,我还发现,他是我到目前为止所认识的最爽快的男孩。

吃过午饭,我们一起来到操场上,参加游戏活动,不论是爬竿,还是荡秋千,抑或是跳沙箱,都被我们两人一一征服了。当我们排着队跟在帕梅尔夫人的身后向教室走去的时候,我决定要成为约翰的朋友,今后,他再也不会没有朋友了。

"妈妈,您说说那些孩子为什么对约翰这么不友好呢?"一天晚上,妈妈送我上床睡觉的时候,我问她。

"我也不知道,"她忧伤地说,"也许只有他们自己才知道吧。"

"妈妈,明天是约翰的生日,可是他却什么东西都得不到。既不会有蛋糕,也不会有礼物。总之,他什么都不会有的,甚至根本就不会有人在意。"

妈妈和我都知道,每当有小朋友过生日,他的妈妈都会为全班同学带去纸托蛋糕和小礼物。

这些年来,妈妈就已经为我和我的姐妹们的生日到我们的学校送过多次蛋糕和小礼物了。但是,约翰的妈妈却整天都在果园里忙于工作,一定不会记得约翰的生日的。

"哦,宝贝,别担心,"妈妈安慰我说,"我敢肯定一切都会好的。"然后,她轻轻地吻了我一下,并向我道了晚安,就走出我的卧室。这次,是我有生以来第一次觉得妈妈说的话可能错了。

第二天早晨吃早饭的时候,我佯称身体不舒服,不想去学校,希望能够待在家里。

"是不是因为今天是约翰的生日?"妈妈问道。

顿时,我觉得我的脸一阵燥热,涨得通红,等于不打自招。

"哦,亲爱的,你想一想,如果在你过生日的时候,你唯一的朋友也不到场,那你的感受会怎样呢?"妈妈柔声问道。

我想了想,猛地恍然大悟。于是,我立刻起身,吻了妈妈一下,就急急忙忙地上学去了。那天早上,我见到约翰的第一件事就是祝他生日快乐,从他那羞涩的笑容里我看得出他非常高兴我能够记住他的生日。于是,我想:也许这一天根本就不那么可怕!

就这样,大约到了下午三时左右,我几乎就已经确信生日其实并没有什么大不了的。接着,当帕梅尔夫人正在黑板上写着数学公式的时候,突然,我听到走廊里传来了一阵熟悉的声音。我听得出来那声音唱的正是《生日歌》。

片刻之后,妈妈手里拿着一盘点着红蜡烛的纸托蛋糕走进了教室。而她的腋下则夹着一件上面系着红色蝴蝶结包装的精美礼物。

这时,帕梅尔夫人也提高了嗓门,跟着我妈妈一起唱了起来。而同学们则都不约而同地把疑惑的目光投向了我,等待着我的解释。这时,妈妈发现约翰就像一只被汽车的前灯灯光怔住了的小鹿一样呆坐在座位上。于是,她连忙走到他的面前,把蛋糕和礼物放在了他的课桌上,并且说道:"约翰,祝你生日快乐!"

接下来,我的朋友端着那盘蛋糕,不厌其烦地走到每一位同学面前,很有礼貌地邀请他们和他一起分享这香甜可口的蛋糕。这时,我发现妈妈正目不转睛地注视着我。当看到我正吃着湿润而又柔软的巧克力糖霜的时候,她微笑着向我眨了眨眼睛……

回首往事,我几乎已经记不得那次和我们一起共度那个生日的其他孩子的姓名了。而在那之后不久,约翰·埃文斯也跟随他的父母迁居到别处去了,并且,至今,我再也没有听到过他的任何消息。但是,不论何时,只要我听到那首熟悉的歌曲,那天的一切就会清晰地浮现在我的脑海里,我的耳边仿佛又响起了妈妈那温柔的歌声,我的眼前仿佛又出现了那个小男孩那闪烁着惊喜的光芒的双眼,我的嘴角仿佛又回味着那盘纸托蛋糕的香甜……

爱的作料也许是甜的、苦的、咸的,但总有一种感觉是我们所无法忘怀的,那就是爱!

文/[美]罗伯特·泰特·米勒

每个人的身上都有闪光点

给朋友一点爱,我们也能感受到爱。在朋友最需要帮助的时候出现,我们也能感受到快乐。

相对于其他小朋友来说,约翰是一个弱者,是个差生,通常这样的同学在班级里没人理睬。小作者走近了他,他发现,原来约翰是个有着很多优点的男孩,他愿意跟约翰做朋友,并且为约翰即将到来却无人问津的生日忧心。最后,他和母亲帮助小约翰过了一个特别的生日,送给小约翰一个终生难忘的生日礼物。小约翰那双闪烁着惊喜的双眼,不仅留在作者的脑海里,也深深地印在读过这个故事的人的脑海里。

刻意远离一个人很痛苦,走近一个人却很快乐。其实,没有一无是处的人,每个人身上都有优点。平时那个你很讨厌的"坏孩子"身上也闪烁着某种光芒,走近他,你就会发现。

赏析/花衣裳

星 星 锁

罗明的勇敢、善良和乐于助人的精神感动了外国妈妈,并得到了外国妈妈的高度赞赏和肯定。

这个小小的故事,发生在中国那座名扬四海、险秀并收的黄山上。时间是金秋时节的一天中午。

海拔一千八百米以上的山峰,黄山共有六座,雄踞中央的莲花峰,位列第一,高达一千八百六十四米。莲花峰带给游人的强烈"刺激",与其说高,不如说险。人是好奇的动物,这不,中国人、外国人都来了。

有一个欧洲小女孩,爬至距莲花峰顶并不遥远时,再也不敢爬了。这是一段极陡极窄、只容单人通过的台阶,左手侧是高耸的绝壁,右手侧是无底的深渊。这里没有栏杆,只有一道矮矮的凸棱。在这里攀登,打个比方,就像一只小蚂蚁爬行在一颗仰立的木螺丝的螺纹上。

女孩的一张脸,惨白如纸,眼睑红了。冷汗浸湿了鬓角上亚麻色的卷发。她的两条腿抑制不住地剧烈地发抖。

俗话说,上山容易下山难,往回看一眼都让人胆战心惊,何况还是单行——退路是没有的。

上面的人爬走了,下面的人被女孩挡住。她上也不能,下也不能,手脚着地瑟瑟发抖,完全丧失了力量和勇气。

她还背着一个沉甸甸的蓝布白格旅行包呢。

就算她舍得把背包扔掉,她也不敢腾出手来去解它的带子了。

后面的人并不知道上面出了什么事,就"上啊上啊"地嚷嚷起来。

小女孩趴在台阶上,如没了灵魂。

这时候,上面传来一位母亲的呼唤,不用说,那是女孩的妈妈。

这是一位异常肥胖的妈妈,她吃力地歪着身子,探出一张汗涔涔的脸,并没有勇气下来帮助女儿一把。

就在这时候,有一个中国男孩,从上面一蹭一蹭地挪下来。

欧洲妈妈急了,她疯狂地打手势,咿咿呀呀地叫,是担心男孩毁了她命悬一线的宝贝女儿。

男孩拍拍自己的心窝,胖妈妈可能想到了"良心"一词,才安静下来。男孩靠近了女孩,要拉女孩的手,让人想不到的是,女孩怕,拒绝男孩触到她。

怎么办呢?男孩仰头望望女孩的妈妈,欧洲女人说着什么,男孩不懂。从手势看,她已经非常希望男孩帮助她的女儿脱离险境了。

男孩小心翼翼地解下了女孩的背包,把一根绳子拴在她的腰里。男孩背起背包,矫健如岩羊,攀上几个台阶后,把绳子的一头拴牢在一个石孔上。

女孩减了负担,又看见有一根绳子保证了安全,在男孩阳光般灿烂的脸色和"V"字手势的鼓励下开始振作,一点一点地朝上爬去。男孩将绳子一次次向上方更改位置,为女孩做以安全的保证,女孩终于登上了山顶。

胖妈妈一手揽住了女儿,一手揽住了男孩,泪水满脸流淌。她说了许多的"Thank you",许多的"细细(谢谢)"。

我们的男孩叫罗明,十三岁,河北省北部的一名小学生。罗明从小就爬燕山,登长城,有着极好的腿脚儿。刚才,爸爸在山顶上微笑着,看儿子做了一件有意义的事。

从莲花峰顶上下来,是另一条路,就安全多了。那对母女是对男孩产生了依赖想法呢,还是感激不过?她们就那么与男孩形影不离地走在一起。

罗明的父亲没有惊动他们,在后面不远处慢慢跟着。

他们来到一处数根铁链上挂着成千上万把连心锁的地方,遇上一位懂英语的中国老爷爷,帮忙做了翻译。男孩这才知道,这对母女是英国人,住在格拉斯哥;女孩叫兰姆,十四岁,她的左腿两年前做体操受过伤。

英国妈妈掏出一沓钱,给中国男孩,男孩摇头谢绝了。英国妈妈就从背包里拿出一把亮晶晶的、星星模样的锁头来,让罗明看看,请求老爷爷告诉摆摊刻字的人:

"请刻上罗明和兰姆的名字吧,我和兰姆将永远记住中国男孩的帮助!"

老爷爷告诉罗明,英国妈妈的锁是从家里带来的(而游人大都是在挂锁处购买),镀了金,本是想锁住母女同心的,现在就锁住两个小孩吧!

刻字人用电动刻刀在星星模样的金锁上刻下了"罗明"和"Lamb"。

男孩女孩互相写明了家乡住址,那把亮晶晶的星星锁,就挂在一条两棵大松树间的铁链上。黄山上的同心锁千千万万,可能星星锁就这么一把吧。它锁定了两个异国儿童的友谊,多美丽啊!

文/北 董

一把锁,把心与心连在一起

外国妈妈用一把珍贵的星星锁把罗明和兰姆的名字刻上,巧妙地把两颗单纯的心连在了一起。这是因为在登黄山途中,罗明毅然不怕山高和山路的崎岖陡峭,勇敢地去帮助兰姆。在罗明的帮助下兰姆克服了心理上的恐惧,最后勇敢地登上了山顶。

罗明的勇敢、善良和乐于助人的精神感动了外国妈妈,并得到了外国妈妈的赞赏和感谢。所以外国妈妈最后决定在自己从家乡带来的最心爱的星星锁上刻上他们两个人的名字,并告诉罗明和兰姆他们的友谊之心将永远连在一起。

这个故事同时也告诉我们:只要像罗明这样勇敢、善良和乐于助人,我们就会像天上的星星一样永远闪闪发光和值得尊敬。

赏析/肖秋富

友 谊 苹 果

面对身边的每一份友谊,我们都应该好好去珍惜,好好去呵护。

天空灰蒙蒙的,有一种就要下雪的喜悦。

杨露露一领到成绩通知单,就往家里奔去。刚到家门口,就听到家里传出的笑声。杨露露心头一乐:难道爸爸真的回来了?

爸爸果真回来了。杨露露望着一别两年多的爸爸,又激动又有点陌生感。爸爸比出去打工前显得瘦多了,也老一些了。

爸爸摸着杨露露的头:"露露,想爸爸了吗? 爸爸也想你的……成绩还好吗? "

杨露露努力控制着自己喜悦的泪水,说不出话来,只一个劲地点头。

爸爸说着,拿出一个鲜红光亮的苹果来:"带了几斤苹果回来,家里人多,就只给你留下这一个了,没意见吧? "

杨露露双手接过这只又香又好看的苹果,她兴奋地捧着苹果跑进自己的小房间——她要细细品味爸爸从远方带给自己的这份浓浓的慈爱。

苹果在杨露露的细细洗磨下，显得更亮更美了。这时，她突然想起了一个人——同桌兰芳。每当自己遇到难题时，兰芳给她细细解答；自己心情烦闷时，兰芳就眉毛鼻子一收一缩的，像孙悟空一样地逗她笑……对，这只苹果一定要与兰芳共享！

杨露露想着，揣着苹果，一阵风似的向兰芳家跑去。她要给兰芳一个惊喜。

杨露露蹑手蹑脚地走进兰芳的小房里一看，兰芳不在房里。这时，只听到兰芳家的客厅里传来一阵阵欢笑声：

"……爸爸这次发送的这批玉兰片又赚了不少……啊，我们的兰芳真不错，这次又是双百分。"只听到兰芳爸不紧不慢地说道，"哦，看啦，这是爸爸这次给你带回来的奖品，衣服、荔枝罐头、香蕉……先尝尝这潮州的特产吧……"

杨露露听着听着，觉得自己这只苹果变得越来越轻，几乎要飞出自己的手心了。她眼里盛满了泪，一转身跑回家去了。

杨露露再也没心思吃这只苹果了——兰芳，我该用什么来表达我的友谊呢？

苹果就被摆在了窗台上。这时，天空沙沙沙地下起了雪粒子。

苹果在寒风中一天天风干，一天天地干瘪，收缩起来，一如杨露露整个寒假不能舒展的心。杨露露觉得这个寒假、这个春节，是那么的漫长，难熬。

又到了开学的日子，兰芳照例兴高采烈地来喊杨露露一起去学校报名。杨露露正呆呆地盯着窗台上的那只干瘪瘪的苹果发呆。

"杨露露，怎么啦，哪里不舒服？"兰芳扶住杨露露的肩头，像大人一样用手背去探杨露露的额头。

杨露露不说话，只一个劲地流泪。

"你说呀！是不是我哪里惹你生气了？……你要说话呀！"兰芳急得真想向杨露露糊里糊涂地道歉了……

在兰芳的一再追问下，杨露露终于泣泣噎噎、断断续续地说清了这只苹果的故事，这个寒冬的伤心故事。

兰芳默默地取下窗台上的干苹果，走进厨房的水桶里细细地洗了一遍又一遍……

这天，很多同学看到，两个小学五年级女同学，你一口我一口地分吃着一只干瘪瘪的苹果，一直津津有味地吃到校门口。

懂得友情的人，一定都知道那只苹果是那么清香，那么甘甜。

文/谢长华

可贵的友谊

如果问，世界因什么而如此美丽？我要说：是友谊！故事中，杨露露因为自卑而不敢向同桌好友兰芳表达自己对她纯真的友谊，并因此而苦恼、伤心不已。后来，经过兰芳的追问、开导和帮助，两人终于又和好如初，一起幸福地分享了那只香甜的"友谊之果"。通过这个故事，我们可以真切地感受到朋友之间那份浓浓的、让人羡慕不已的情谊。

离群的大雁很难成活，即使侥幸能活下来，它的世界也注定孤单。同样，离群的孩子，他的生活也会因为缺乏朋友而显得黯淡。如果你是一个拥有很多朋友的人，当你遇到困难时，会有朋友热心地帮助你；当你心情烦闷时，会有朋友替你分忧；当你快乐时，会有朋友与你一起分享。拥有友谊，是非常幸福的事！所以，面对身边的每一份友谊，我们都应该好好去珍惜，好好去呵护。

赏析/许锡龙

Hello，你好

你希望像歌曲里所唱的"找啊找啊找朋友，找到一个好朋友"吗？如果想就主动向别人说出"Hello，你好"吧。

　　庆庆家买了新房子，他跟着爸爸妈妈搬到了新房子里。新房子在一幢高高的大楼里，上下有电梯，门口有保安，新房子又大又漂亮。可是，庆庆自从住进新房子后，显得很不高兴。

　　"妈妈，要是我们不搬家就好了。"庆庆说。

　　"为什么，宝贝？"妈妈问。

　　"我们原来住的地方，有许多朋友一起玩，现在没人跟我玩。"庆庆垂头丧气地说，"真没劲儿！"

　　庆庆一个人在搭积木。

　　"庆庆，阳台上的一块毛巾吹到了楼下阳台上，妈妈在做小甜饼，你去拿回来吧。"妈妈在厨房里对庆庆说。

　　"可是，我不认识他们呀。"庆庆有点儿担心："我怎么去拿呀？"

　　"你只要热情地说'Hello，你好！'就行了。"妈妈鼓励着庆庆。

　　"好吧，让我试试看。"

　　庆庆走到楼下，站在邻居家门口，心里像装了头小鹿一样，怦怦直跳。他想了想妈妈的话，按响了门铃，来开门的是一个小女孩，年龄和庆庆差不多。

"Hello，你好！"庆庆红着脸说："我是你们楼上的邻居，我家的毛巾吹到你家阳台上了，我来拿毛巾。"

"快进来吧。"小女孩的妈妈跑过来，让庆庆进了屋。她对小女孩说："阿美，去阳台上拿毛巾。"

庆庆不仅拿到了毛巾，还认识了小邻居阿美，他高兴地回了家。

妈妈煎好了小甜饼，拿出一个漂亮的盘子，在盘子里装了六个又黄又脆的小甜饼，对庆庆说："走，妈妈和你一起去拜访我们的邻居。"

阿美和他的妈妈看到庆庆他们来了，非常高兴。阿美的妈妈泡咖啡，阿美拿出了许多好吃的。

庆庆和阿美吃过了小甜饼，就一起玩了，他们开汽车、看图书、做游戏，开心极了！

两位妈妈边喝咖啡边聊天，也聊得很开心。

阿美说："本来我一个人，没有朋友。我很高兴你家的毛巾吹到我家阳台上，让我们认识了。"

庆庆笑了，他说："后来妈妈告诉我，那条毛巾不是被风吹落的，而是她故意丢到你家阳台上的，她只是想让我们两家成为朋友。"

文/苏　梅

学 会 主 动

　　当你遇到了新朋友，你会主动与他交谈吗？庆庆搬到了新居，在一个陌生的地方，没有一个认识的朋友，而他自己又不主动去找其他小朋友玩，多无聊啊！后来呢，在妈妈的帮助下，他向阿美说出了真诚的问候"Hello，你好"，从而和阿美成为了朋友。

　　你希望像歌曲里所唱的"找啊找啊找朋友，找到一个好朋友"吗？如果想就主动向别人说出"Hello，你好"吧。

　　其实，有很多事情都需要我们自己主动。比如：不用妈妈说而做家务，不需要老师催促而主动交上作业……

　　朋友，你学会主动了吗？

赏析/孙秀芬

小水袋的故事

让我们都站在他人的角度去理解他人、关心他人，让外面灿烂的阳光照亮我们的心灵吧！

一

"方方，过几天我就要辍学了，真是舍不得离开你。"东娅红着眼睛提前向方方告别。

"东娅，怎么啦？"方方着急地问，"是不是你妈妈不让你念书啦？"

"妈妈叫我下学卖冷饮，她说一天能挣好几十块钱呢！"

"告诉老师，叫老师做做你妈妈的思想工作。"

"不行的。妈妈也是没有办法。弟弟正在念书，都要花钱的。"

"哎，东娅，我有个主意，你把冷饮带到学校来卖，赚了钱，你妈妈就会让你念书的。"

"这……行吗？"

"那有什么不行的。你不提冷饮倒也罢了，你这一提，我渴了。"方方拉着东娅的手说，"走，买水去，我请客。"

"方方，我这儿有水。"东娅从书包里拿出一袋水说，"这是我们家批来的，给你喝吧。"

方方从东娅手中接过水袋，马上从身上掏出两角钱，塞到东娅的手中:"拿去吧。"

"我不要!"东娅说,"算我招待你。"

"那好吧。"方方收起揉皱的两角钱,"东娅,我每天都要喝几袋水,明天给我带五袋来好吗?"

"五袋?这么多?这……"东娅犹豫不定。

"怎么,怕我不给钱哪?"方方说,"放心吧,小店里卖多少钱,我就给你多少钱,不会讨你一分钱便宜。"

"方方,我不是这个意思,因为小店也卖水……"东娅说,"我怕老师不同意……"

"东娅,愿买愿卖,谁也管不了。"方方说,"你也别不好意思。总之,我要喝水,与其让别人赚钱,不如让你挣,我知道你们家生活比较困难……"

二

天气越来越热了,同学们三三两两地向小店走去。

"方方,咱们去买水喝。"珊珊老远就向方方打招呼。

"买水?!"方方从书包里拿出两袋水说,"一人一袋。"

"哇,方方好大方,说吧,遇到什么喜事啦?"珊珊和另外一个女生吸着水袋里的水笑着问。

"珊珊,你老是喜欢占便宜。"方方说,"告诉你,我这几天没遇到过什么好事,这水不是用来招待你们的,是别人的,所以两位小姐请付款吧。"

"谁这么会挣钱,竟然把主意打到我们身上?"和珊珊过来的这个女孩满脸不高兴。

"这是什么话,你到小店买水袋店主就不收你的钱啦。钱让别人挣,你就开心啦。"见她不说话,方方这才实话实说,"昨天,东娅告诉我,她要辍学了,她交不起学费,她妈妈让她在家卖冷饮。"

"这是真的?"珊珊惊讶地瞪大了眼睛,"方方,放心好了,我们几个小馋猫今后就买东娅的水袋。"

"我也是这个意思。"方方说,"昨天,我向她要了几袋,你们喝喝看,质量怎么样？"

"和小店里卖的一样,分不出好坏来。"珊珊说,"这样吧,我去通知一下班上所有买水的同学,让他们到东娅那儿买。"

这时,只见甜甜从小店里走出来,手里拿着水袋。

"退回去,买我的。"方方说,"袋子都一样,质量也一样,价钱也一样,自己找个借口吧。"

没办法,甜甜接过方方的水袋往小店跑。

班上好像得了传染病,不喝水的同学也变得喜欢喝水了。同学们都爱喝水袋,原来喝一袋的,现在变成了两袋,喝两袋的变成了三袋……

看人人拿着水袋吸着里面的水,老师皱起了眉头。

他对正在津津有味地吸水的方方说:"方方,这水不脏吗？"

"不……脏啊。"方方笑着说,"挺好喝的。"

"要喝就喝好的,三块五块的,质量好,像你喝的水袋都是几分钱弄来的。"老师意味深长地说,"小店缺少管理,用这样的水给孩子喝,会生病的。"

"老师,放心吧,不会有问题的,我们都喝了好几袋了。"

三

做早操了,同学们排着整齐的队伍来到操场上。刚做完了几节操,方方皱着眉头,肚子疼得厉害,实在坚持不住便蹲下去。

老师来到她的身边,小声问:"怎么啦？"

"我肚子疼。"

"是不是拉肚子啦？你回教室休息去吧。"

方方刚捂着肚子走了,珊珊又喊肚子疼。接着又有几个同学肚子疼。再接着蹲下一些同学。再后来,人人都喊肚子疼。

校长跑过来,全校老师跑过来,大家搀的搀,扶的扶,把学生带到教室。

老师问肚子最疼的方方:"到了学校,你喝了什么？"

"水袋里的水。"

"哇——"一声,同学们掉头一看,原来是东娅。她哭着捂着肚子跌跌撞撞回家去。因为她也喝了水袋里的水。

"东娅,你怎么……"老师连忙追出去。

"找爸爸算账!"她咬着牙说。

老师拽她回来,她用力甩开老师的手,态度非常坚决。

此时,医生背着药箱来到了学校。教室变成了诊所,方方等几个病重的同学还挂上了吊瓶。

四

东娅强忍着疼痛回到家,直奔冷饮柜,把水袋一个又一个扔到路上。

"东娅,怎么啦?"妈妈看着冷若冰霜的东娅喊道,"你疯啦!"

"我没有疯,是你们疯啦!"东娅声嘶力竭地哭喊道,"你们知道吗?你们买的水袋里的水全是变质的,同学们喝了你们的水,全中毒了,你们知道吗?"

妈妈僵在那儿,呆呆地说:"孩子,都怪妈,财迷心窍,为了多赚钱,竟拣便宜的买。"

"妈,你知道大家为什么买我的水吗?"东娅哽咽着说,"大家都想帮助我,帮助我……可你竟然欺骗我说水好,伤害我的同学。"

妈妈自责和悔恨涌上心头。邻居也批评东娅妈。

东娅失踪了。

在她的书包里,发现了一包钱和这样的一张纸条——

亲爱的爸爸妈妈,老师和同学:

对不起,请原谅我的不辞而别。

要不是同学们的帮助,我就辍学了。大家知道我的性格,我是一个要强的孩子,从来不喜欢麻烦别人。同学们都意识到这一点,所以他们本来准备为我捐款,怕我不接受,因此,就换了一种方式,大家都买我的水喝。有的多买,有的还多给钱。我本来想给大家带些好的雪糕、汽水,又怕同学买不起。

谁知我却伤害了你们。亲爱的同学，你们的钱在我的书包里，就算我的心意，我没脸去看望你们，我要出去打工，靠自己的双手挣学费……

你们的东娅

当老师在教室里给同学们读东娅的信时，全班同学都哭了。老师对全班同学庄严承诺：一定要把东娅找回来。

文/曹延标

感同身受的关爱

在现实中，我们常常会遇到一些有困难的人，当我们伸出双手去帮助他们的时候，我们就会体验到帮助他人的满足和快乐。而我们的生活也会因为有许许多多充满爱心的人而变得美好和温暖。

当东娅家里遇到困难而不得不辍学的时候，同学们都去买她的水袋，为的是能让她顺利上学。在孩子们天真无邪的世界里，他们用感同身受的同情心去理解东娅的痛苦，用微薄的力量真诚地帮助东娅，而东娅也因为自己伤害了同伴而愧疚不已。

一个不懂得设身处地为别人着想的人，是很难感受到别人对他的关爱和鼓励的。让我们都站在他人的角度去理解他人，关心他人，让外面灿烂的阳光照亮我们的心灵吧！因为，人生是美好的。

赏析/黄田英

春游的故事

峡谷两岸是各样的树,各样的花;小河
中是各样的石头,各样的鱼……沿着河岸栈
道走,就像走进了花的长廊,画的长廊。

今天,艳艳她们班要去春游,是到金刀峡春游。

金刀峡真美呀,传说是什么仙人挥起金刀,劈出的峡谷。山岩高高的,峡谷深深的,流水清清的。峡谷两岸是各样的树,各样的花;小河中是各样的石头,各样的鱼……沿着河岸栈道走,就像走进了花的长廊,画的长廊。

走着走着,艳艳他们站住了,望着河岸边的一丛山花站住了。艳艳说:"何老师,那是什么花呀——花朵那么密,花瓣那么红?"梅梅说:"每片花瓣上好像还有一圈蓝边哩。"颖颖说:"花心好像是金黄色的。"何老师看了好一会儿,说:"我也没有看见过这样的花,叫不出它的名字。"

看着那丛奇异的山花,小朋友们舍不得离开了,何老师也舍不得离开了。

艳艳说:"要是我们校园里有这样的花就好了,我要天天给它浇水。"梅梅说:"要是我们家里有一株这样的花就好了,我奶奶可喜欢养花了。"颖颖说:"我真想摘一朵戴在头上。"大家正说着,只听何老师说:"小朋友们,等一等。"边说边沿着石梯下到河边去了。何老师走向那丛山花了。

何老师去干吗呀？去摘花吗？艳艳急了，叫起来："何老师，摘不得！"梅梅也叫起来："何老师，要罚款！"颖颖喊："何老师，快上来！"可何老师的手伸出去了……艳艳他们更急了，忙扶着栏杆沿石梯往下跑去。他们要去拉住何老师——何老师要犯错误了。

艳艳他们跑到了何老师面前。啊！何老师的手不是伸向花朵，是伸向花枝上的一个方便面盒。艳艳他们看清了：花枝上还挂着好几个塑料袋。这是上边游人往下扔的。多讨厌的乱扔垃圾的游人呀！

艳艳他们全明白了，站在栈道上的小朋友们也全明白了，情不自禁地拍起手来。

艳艳他们也在花枝上寻找，又找到几个塑料袋和方便面盒。花枝上的垃圾清除了，就像一个人洗干净了脸一样。山花更鲜艳了。

金刀峡真美呀：山岩高高的，峡谷深深的，山花艳艳的，河水清清的。小朋友们走着，看着，笑着，说着，清脆的声音在峡谷回荡，真好听。现在，他们都从挂包里拿出了垃圾袋，边走边把路边的矿泉水瓶、塑料袋……装进垃圾袋里，再倒进路边的垃圾箱。这是一支春游的队伍，又像一支小小环卫队伍。他们在看一幅幅画，也给这些画擦去灰尘，要让这花的长廊，画的长廊，永远鲜艳、美丽。

文/蒲华清

劳动创造美

春游，本来是一件很好玩的事，但是艳艳他们把这件好玩的事变成了一件有意义的事——捡垃圾。他们把金刀峡清洁了一番，使那里变得更加美丽。同时，他们的内心也得到了快乐，他们的心灵也因此而更美了。我想这就是劳动创造美吧。

这一支小小的环卫队伍，让我想到了街上的环卫工人。有的人认为他们很脏，离得远远的，甚至看不起他们。其实，他们是干净而美丽的。因为他们为大家创造了一个清洁的环境，就像艳艳的老师和同学们一样。我们应该尊重劳动，尊重劳动者。

文/陈艳芳

大 泥 鳅

懂得互相帮助的小伙伴是聪明的，懂得互相扶持的小伙伴是友爱的，懂得互相尊敬谦让的小伙伴是知心的。

放学后，小春回到家，背起了一个大鱼篓，去田里捉泥鳅。对门的牛牛看见了，也急忙拎起一个小鱼篓追着喊："小春哥哥！我跟你去捉泥鳅！"

牛牛来到小春的身边。小春一边走，一边问他："你也喜欢吃泥鳅？"

"不，是喂鸭子。"牛牛说，"我爸说，鸭子吃了泥鳅，下的蛋可大哩！"

"那你喜欢吃鸭蛋，是吗？"小春又问。

"不是！把鸭蛋卖了呗！"牛牛说，"我妈说，攒齐了好多钱，就去买个大彩电！"

两个小伙伴一边走，一边说着，来到了田头。他俩脱了鞋，踩进了泥田里，猫着腰找起泥鳅来……

天色渐渐地黑了，小春已经捉到了半鱼篓泥鳅。他抬起头，伸了伸腰，看见牛牛浑身上下全是泥巴，忍不住大笑着说："哈哈！牛牛怎么变成大泥鳅啦！"

牛牛把嘴一撅，说："你还笑人家呢！看，我就捉了这么几条泥鳅，我家那么多鸭子，给谁吃好呢？"

"把鱼篓给我，让我看看。"

小春接过牛牛的小鱼篓一看：啊，真是几条小泥鳅！他从自己的大鱼篓里捧出一大把泥鳅，放进了小鱼篓里，说："这给你，我们明天再一块儿来捉泥鳅。"

牛牛乐坏了，一把搂住了小春的脖子，说："小春哥哥，你真好！等我家买来了大彩电，你天天上我家来看好吗？"他放开小春一看：啊！小春的脖子上，衣服上也沾上了好多泥巴。

"哈哈！小春哥哥也变成了大泥鳅！"牛牛拍着手大叫起来。

文/野　军

真正的朋友

懂得互相帮助的小伙伴是聪明的，懂得互相扶持的小伙伴是友爱的，懂得互相尊敬谦让的小伙伴是知心的。在寒风刺骨的冬天，送别人一个小小的暖水袋；在炎炎的夏日，送别人一扇巴掌大的芭蕉叶，都是一件令人感动的事。文中的小春把辛辛苦苦抓到的大泥鳅，慷慨地送给了急需喂养鸭子的牛牛，这一份浓浓的朋友情谊，是没有任何东西可以比拟的。如果让你也遇到像小春这样的朋友，请珍惜这份友谊，因为没有什么比真正的友谊来得更有价值。

赏析/黎嘉丽

天堂并不在遥不可及的天上，如果我们曾经用心，曾经毫无保留地去对一个人好，那么我们就会发现，身边有爱，爱中有天堂。

第四辑　孩子，我为你骄傲

在我们坚持尝试自己用勺子吃饭时，当我们学着迈出第一步行走，某一天我们拒绝妈妈的帮忙而独自学会洗澡，这时，大人们投来"你可以的"信任的目光，就意味着我们已经具备了一些独立处理事情的能力。而这些能力使我们学会了辨明是非对错，学会了感恩，学会了认错，学会了助人，学会了自我保护……我们的成长过程就是我们的能力不断提升的过程，所以我们要相信，我们总是比昨天棒，我们总是在进步。

我们溯流而上
在路上拾取金子般的美德
学会分享与给予
学会跌倒时站起来
学会用灿烂的笑容
妆扮闪光的童年

没有大人的夜晚

我们不知道我们会在什么时候遇上什么麻烦事,但我们都可以在平日里积极锻炼自我,同时善于思考,做生活的有心人。

周末的晚上,阿尔贝的父母进城里办事了,只留下十二岁的阿尔贝孤孤单单地守在家里。没人管,阿尔贝可高兴了,他坐在电视机旁,双脚架在茶几上,一边看电视,一边吃零食。

这时,门铃响了。阿尔贝眉头一皱:这时候会有谁来呢?虽然阿尔贝家坐落在偏僻而空旷的长岛西部,但他是个大胆的孩子,什么都不怕,便过去打开了门。

一个男人站在门外。他十分高大,羊毛衫裹着发达的肌肉,衣服脏兮兮的,而且胡子长得好像三年都没刮过。

"小孩,就你一个人在家吗?我是你家人喊来修水管的!"

那人恶声恶气的,不等话说完,就推开阿尔贝往里奔,而且直奔二楼。

阿尔贝看见他经过柜子的时候,顺手把放在那上面的一把银叉揣进了裤兜。

这是小偷!虽然有些害怕,阿尔贝还故作很天真的样子说:"叔叔,别往右拐,那是我爸爸妈妈的卧室,没有水管!"

陌生人却径直进了那间卧室。阿尔贝三步并作两步,冲到卧室门口,咔嚓一下把卧室的门锁了起来。陌生人急了,咚咚咚地使劲敲门,可阿尔贝捂住嘴想笑。

阿尔贝将耳朵附在门上,想仔细听他在做什么,他听见了那人在朝外打电话。

"喂,沃尔索快来救我。我被一个小兔崽子关了起来,那门是铁门,根本砸不开,而且楼太高,跳下去会摔断腿的。"

小偷的帮手就要来了,怎么办?阿尔贝急得直搓手,他关掉电视机,目光突然落在了蛋黄酱上,不禁计上心头。

这时,门外传来了汽车发动机的声音。关掉灯的阿尔贝藏在暗处,手心都攥出了汗。

那个叫沃尔索的又带了一个同伙斯波。他们见大门敞开着,便走了进来。房间里黑咕隆咚,沃尔索用肥实的双手扶着墙壁摸索行进,左手忽然摸着了一个圆溜溜的东西,脚也同时碰到阶梯。沃尔索寻思圆圆的东西是个球,因为在楼梯角,那么就是圆形楼梯了。"威尔伯……"沃尔索低声唤道。

"我在二楼,你们快些,我等得急死啦!"

沃尔索不禁加快了脚步,嘴里还嘟囔着:"我简直像个瞎子,什么都看不见。"

沃尔索的脚刚踏上第十四级阶梯,就踩到了蛋黄酱,身体顿时失去了平衡,像球一样滚落下来,头重重地砸在墙上。沃尔索只觉眼冒金星,便失去了知觉。

躲在沙发后的阿尔贝爬出来,捂住嘴想笑,他仔细地打量着那家伙,估计还得几个小时后才能苏醒。

关在二楼的威尔伯听见响动,急切地说:"沃尔索!沃尔索!你在哪儿,你怎么啦!"可没人回答。

门外的斯波也听到扑通一声巨响,他探头瞅瞅黑漆漆的房间,生怕有什么埋伏,更不敢贸然前行。他围着楼房转了一圈,发现有把梯子正架在房顶上面,就大声对威尔伯说:"威尔伯,我先爬上房顶,通过阁楼,然后从翻板活门进来救你!"

斯波很快上了房顶,但他一看,根本没有什么翻板活门,再去找梯子,梯子也没了。

这时，站在房子里的阿尔贝高兴得又蹦又跳，连声说："小偷先生们，快来抓我呀！"

斯波气得直跺脚，对二楼的威尔伯喊道："威尔伯，你快打电话，让吉林格斯来抓他，非要给他一点颜色看看！"

阿尔贝冲斯波伸伸舌头，一溜小跑进了房间。

没过多久，骑着摩托车的吉林格斯也赶到了。他哪里知道，阿尔贝也为他设下了陷阱。

吉林格斯在地上捡了根木棒，准备在阿尔贝头上好好来几下。他拎着木棒，直奔大门，认为最简单的办法就是先按门铃，警告这个小兔崽子，再猛地踹开门冲进去。

吉林格斯的手刚触到门铃，就"哎哟"一声，蹦起老高，一屁股跌落在地。原来，阿尔贝在门铃上接了两根裸露的电线。

吉林格斯揉揉屁股，站起来，瞧瞧四周，看来，事情并不简单，这个小家伙既然能将电铃改装成电刑具，那就是说不定屋里头……突然，吉林格斯乐了。他发现在房子的一角有扇铁门，大概是贮藏室，他可以从那里进去。吉林格斯用劲推开门，得意洋洋地迈出脚。

其实，阿尔贝根本不在房间里，他瞅着吉林格斯进了地下室，便锁上沉重的地下室铁门，吹着口哨进家门了。

阿尔贝先给警察打了电话，然后就开始吃零食，看着电视，喜滋滋地度过了这个有趣的周末。

文/徐兴华　赵纪方

智慧的角逐

看完故事，我们都会为小主人公阿尔贝的过人胆识和聪明智慧所倾倒。在没有大人的夜晚，阿尔贝与几个小偷进行了一场精彩的角逐，那既是一场胆识的竞赛，更是一场智慧的角逐。

阿尔贝虽然年纪小，但他遇事镇定，并能积极思考，善于运用智慧，使我们在为他的聪明机智拍案叫绝的同时，不禁想到了我们的现实生活。在生活中,我们难免会遇上这样或那样的令人惊恐的事。面对它们,我们通常都会感到害怕,甚至不知所措,以致造成损失,造成伤害。假如我们碰上了阿尔贝那样的一个晚上,我们会像阿尔贝一样出色吗?阿尔贝在无人可助的情况下,镇定自若,始终保持着一颗清醒的头脑,并留心生活,注意发掘周围的有利条件。比如说,用蛋黄酱把小偷滑倒,用裸露的电线作"电刑具"等。尽管我们不知道我们会在什么时候遇上什么麻烦事,但我们可以在平日里积极锻炼自我,同时善于思考,做生活的有心人。这样一来,无论发生什么事,我们就都能从容面对,都能像阿尔贝一样勇敢、出色地成为智慧的角逐的赢家了。

赏析/刘　阳

椅子上有一口痰

其实,一个人犯错是难免的,如果我们为了一时的面子,或害怕受到惩罚而胆小畏缩,那么错误就成了我们心里永远的伤疤,会折磨我们一辈子的。

"丁零零……"上课铃响了,老师走上讲台,响亮地喊了一声:"上课!""起立!""同学们好!""老师好!"大家坐下来,只有任星星同学依旧站着。"任星星,快坐下来!"老师点了一下头,示意他坐下。可任星星仍然没有动,也没有说话,只是生气地望着身边的椅子。大家奇怪地望着他，探头一看，呀！不知是谁搞恶作剧，在他椅子上吐了一口痰。

老师走过来，看了看椅子，脸色都变了。他回到讲台，猛地一拍讲桌，大声问："这是谁干的？"我们吓了一跳，谁也没见过一向和蔼的老师这样生气。"是谁？主动站起来承认！"老师的声音更高了。教室里静悄悄的，连窗外飞进的一只小虫"嗡嗡"的叫声，都能清晰地听到。老师索性不说话了。在黑板上重重地写了两个字——"是谁"，还有一个大大的问号。

这时，坐在任星星旁边的一个女生慢慢地站起来了，几十双眼睛"刷"地投过去诧异的目光。难道是她——中队长宋婉芸？不会，她可是助人为乐的典范，老师的得力助手，每次中队会的主持活动都少不了她的身影。她会干出这种事？大家都呆了，老师也惊讶得说不出来。她低着头，怯怯地用沙哑的声音说："对不起，我感冒了……我……不是故意的。"说完，就离开座位，慢慢地走到任星星的旁边，默默地掏出手绢，弯下腰轻轻地擦去痰，再用卫生纸把整个椅子擦了擦。做完这一切，她向任星星点了一下头，满脸歉意。

老师带头鼓掌，全班掌声如雷！

中队长宋婉芸同学，因为感冒，不留神将一口痰吐在同学的椅子上，面对老师的大发雷霆，当着全班同学的面，勇敢地站起来，承认此事的经过。掌声则表达了老师和同学们对她"吐"这口痰的谅解，更是对她"处理"这一口痰的称赞。

文/王　璇

认错的勇气

面对同学的气愤，老师的发怒，宋婉芸同学还是勇敢地站起来承认了自己的失误，并很自觉地处理了事情，因此博得了老师和同学的赞许，我们也为她认错的勇气所折服了。

人无完人，我们也经常犯这样或那样的错误，但我们却往往不敢去承认，甚至为了掩饰错误而一错再错。看了这则故事后，我们是要惭愧得抬不起头来的。其实，一个人犯错是

难免的,如果我们为了一时的面子,或害怕受到惩罚而胆小
畏缩,那么错误就成了我们心里永远的伤疤,会折磨我们一
辈子的。长辈们不也常教育我们,一旦知错就要勇敢地承认,
并且及时改正吗?所以,为了不让错误留心底,我们都应该拿
出承认错误的勇气来,相信所有的人都会为我们感到骄傲,
为我们鼓起掌来的。

赏析/少 枝

快乐的小秘密

看着别人快乐,我们也就快乐了。

　　小兔欢欢在森林小学里上学。梅花鹿老师布置了一项作业,每人
都去寻找一种叫快乐的东西。这可急坏了欢欢、小猴子奇奇和小熊猫
聪聪。

　　一放学,欢欢便飞奔回家问妈妈:"妈妈,请您告诉我快乐是什么
东西。"妈妈亲切地说:"欢欢,这快乐的答案只有你自己可以找到。"

　　第二天,欢欢、奇奇、聪聪聚集在一起,出发去寻找快乐的秘密。
它们穿过树林,来到一条小河边,看见河中有一样东西在沉浮,隐隐
约约传来一阵哭声。欢欢的耳朵最灵,一下子就听出了这是小猫咪咪
的哭声。大家望着湍急的河水,非常着急。一向被称为"智多星"的奇
奇灵机一动,想出了一个好主意。它跳上一棵大树,把树枝压下来垂
到河面上,咪咪拉住枝条爬上了岸。

大家一起护送咪咪回到家。咪咪的妈妈十分感激地告诉它们：咪咪这几天发烧发得厉害，尽说胡话，吃了很多药都不见效，今天一大早便出走……聪聪急中生智，边把手提电脑打开边说："别急，我们可以向全世界求助。"聪聪很快进入了医疗网站，向全世界各地的医生发出了求援信。欢欢和奇奇也没闲着，一会儿给咪咪倒水，一会儿给咪咪换毛巾，忙得不亦乐乎。不久，聪聪就收到来自世界各地的许多电子邮件，得知原来咪咪得的是猫家族中罕见的一种遗传病，按松鼠教授开的药方吃了药，咪咪的病很快就有所好转了。

欢欢、奇奇、聪聪都高兴得一蹦三尺高，猛然间，欢欢大叫起来："我找到快乐了！"它们都明白了，在别人快乐的时候，自己就能得到快乐。

文/彭冰莹

什么是快乐

什么是快乐呢？怎样才能找到快乐呢？这不仅是欢欢他们想知道的，也是我们想知道的。所以，我们也曾经像他们那样努力地去寻找过，最后，我们也都得出了这样的结果：看着别人快乐，我们也就快乐了。比如说，我们给朋友过生日，看着朋友满脸的幸福，非常的快乐，我们也会很自然地跟着开心起来了。我想，大人们常常说的"送人玫瑰，手留余香"，大概就是在说这个道理了。看了这个故事，我觉得我们应该多给别人快乐，这样我们就会拥有更多的快乐。

赏析/桃 子

能给予就不贫穷

只有内心富有的人才能给予别人，才能
给予别人幸福，能给予就不贫穷。

教师节那天，一大群孩子争着给他送来了鲜花、卡片、千
纸鹤……一张张小脸蛋洋溢着快乐，好像过节的不是老师倒是他
们。

一张用硬纸做成的礼物很特别，硬纸板上画着一双鞋。看得出纸
是自己剪的——周边很粗糙，图是自己画的——图形很不规则，颜色
是自己涂的——花花绿绿的，老师能穿这么花的鞋吗？

上面歪歪扭扭地写着："老师，这双皮鞋送给你穿。"看着署名像
是一个女孩——这个班级他刚接手，一切都还不是很熟，从开学到教
师节，也就是十天。

他把"鞋"认真地收起来，"礼轻情义重"啊！

节日很快就过去了，一天他在批改作文的时候，看到了这个女同
学送给他的这双"鞋"的理由。

"别人都穿着皮鞋，老师穿的是布鞋，老师肯定很穷，我做了一双
很漂亮的鞋子给他，不过那鞋不能穿，是画在纸上的，我希望将来老
师能穿上真正的皮鞋。我没有钱，我有钱一定会买一双真皮鞋给老师
穿的。"

这是一个不足十岁的小姑娘的心愿，他的心为之一动。但是，她

怎么知道穿布鞋是穷人的标志？

他想问问她。

这是一个很明净的女孩子，一双眼睛清澈得没有任何杂质。当她站到他面前的时候，他似乎找到了答案。

他看见了她正穿着一双方口布鞋，鞋的周边开了花，这双布鞋显然与他脚上的这双布鞋不一样。

于是有了下面的问话。

爸爸在哪里上班？

爸爸在家，下岗了。

妈妈呢？

不知道……走了。

他再一次看了她脚上的布鞋，那一双开了花的布鞋。

他从抽屉里拿出那双"鞋"来。这时他感受出这双鞋的分量。

她问，老师你家里也穷吗？他说，老师家里不穷。你家里也不穷。

同学都说我家里穷。她说。

他说，你家里不穷，你很富有，你知道关心别人，送了那么好的礼物给老师。老师很高兴，你高兴吗？

她笑了。

和老师穿一样的鞋子，高兴吗？

她用力地点点头。

他带着她来到教室，他问大家，老师为什么穿布鞋呢？有的同学说，好看。有的说，透气，因为自己的奶奶也穿布鞋。有的同学说健身，因为自己的爷爷打拳的时候都穿布鞋。很奇怪没有人说他穷。他说穿布鞋是一种风格，透气，舒适，有益健康。

后来这位老师告诉同学们，脚上穿着布鞋心里却装着别人，是最让老师感到幸福的！只有内心富有的人才能给予别人，才能给予别人幸福，能给予就不贫穷。

能给予就不贫穷，这句话一直让我回味。

文/马　旭

爱心富人

在同学的眼光中,小女孩意识到自己是贫穷的,在强烈的物质对比下,她那颗敏感的心敏锐地得出一个结论:穿布鞋是穷人的标志。在她注意到老师也和自己一样穿布鞋后,她便在教师节时画了一双皮鞋送给老师。这个"脚上穿着布鞋心里却装着别人"的小女孩让我很感动,她是物质上的穷人,却是爱心上的真正富人,她小小年纪就懂得去关心他人,并把爱心给予他人。然而日常生活中,有的人凭着父母物质上的富有到处炫耀,一切以自我为中心,看不起比他穷的人,甚至嘲笑别人,这种人实际上是爱心的乞丐,是灵魂的穷人。

没有人能选择自己的出生,但是人人都有选择做爱心富人的权利,如果我们从现在起就选择做爱心富人,爱心的大门将随时为我们敞开,那么,我们所收获的,将不仅仅是别人的感激,而是更加富有的灵魂!

赏析/海 另

只看拥有的

不要总是盯着自己的缺憾而悲观失望。

有一个女子,自小就患了大脑麻痹症,这种病会使肢体失去平衡感,手足也会时常乱动,连说话也说不清楚,嘴里总是念叨着模糊不清的词语。

这样的人,在常人看来,已经失去了语言表达能力和正常生活的可能,更别谈什么前途与幸福。

但这个女子硬是靠她的顽强的意志,考上了美国著名的加州大学,并获得了艺术博士学位。她靠手中的画笔,还有很好的听力,抒发着自己的情感。

在一次演讲会上,一个中学生冒昧地问她:"你从小就长成这个样子,请问你怎么看你自己?"

她笑了笑,十分坦然地在黑板上写下了这么几行字:

一、我好可爱;

二、我的腿很美;

三、爸爸妈妈那么爱我;

四、我会画画;

五、……

最后,她以一句话作结论:"我只看我拥有的,不看我没有的!"

如果我们的眼睛始终盯着缺陷,生活将毫无希望,只看自己拥有的,这是一种多么昂扬的人生态度。

文/佚　名

小故事中的大道理

在我们的现实生活中,每个人都会有自己不满意的地方。有人身体残缺,有人先天患病,有人生活在贫苦之家,有人生活在富裕之家,各种各样,总会有不如意的地方。但是,当我们面对这些问题的时候,不同的人就会有不同的态度。有人会怨天尤人,埋怨社会的不公平;有人会自怜自艾,不思改进;有人会安于现状,坦然待之;有人会像故事中的女子那样奋发图强,充分发挥自己拥有的东西,为自己扫开云雾。

"我只看我拥有的,不看我没有的!"这是一种多么豁达的人生态度。这个故事告诉我们：不要总是盯着自己的缺憾而悲观失望。我们应该多看看我们拥有的东西，并且利用好这些东西。因为缺陷的存在是我们无法改变的，我们只能弥补它。

赏析/梁秋燕

记得别人的感受

当你感到难过害怕的时候，也别忘了别
人心里的感受。

有一天，在儿童俱乐部的大厅里，一位满脸歉意的工作人员，正在安慰一位四岁的小孩。

原来这位工作人员，因为一时疏忽，在网球课结束后，少算了一位，将这位澳洲小孩儿留在网球场。等她发现人数不对时，才赶快跑回网球场，将这位小孩带回来。而小孩因为一个人在偏远的网球场而饱受惊吓，已经哭得精疲力竭了。

正在这时，小孩的妈妈出现了，看着自己的小孩哭得惨兮兮的，也非常担心。

如果你是这位妈妈，你会怎么做，痛骂那位工作人员，还是生气地将小孩带走，再也不参加俱乐部了？

这位妈妈蹲下来安慰她的小孩，并且很理性地告诉她："已经没事了，那位姐姐因为找不到你而非常地紧张，所以现在你必须亲亲那位姐姐脸颊,安慰她一下!"

只见那位四岁的小孩,踮起脚,亲了亲蹲在她身旁的工作人员,轻轻地告诉她:"不要害怕,已经没事了!"

当你感到难过害怕的时候,也别忘了别人心里的感受。

文/佚　名

想别人所想

　　故事中的妈妈是好样的,她抓住了教育小孩的最好机会,及时教给孩子在自己伤心难过的时候也要记得别人的感受。在这里,我们更要赞扬的是那个小孩,他那么小却那么懂事,接受妈妈的建议去安慰那位因他害怕的工作人员。他的这一举动,令那位一时疏忽的工作人员心里宽慰了许多。我想当小孩踮起脚亲她的时候,她一定是很开心的,而且一定是一下子就放下了心头的一块大石。这么一个小小的举动就可以让一个可能很不快的局面缓解了,那是一个多么难得的乖孩子啊。

　　在我们的记忆中,孩子永远都是父母的掌中宝,心头肉,个个都娇生惯养。父母从来都舍不得打骂我们,因而我们都有点自私自利了。但是,我们是不是就由着自己这样发展下去呢?不,我们要学会生存,学会做人就必须要懂得关心体贴别人,多为别人着想。即使在我们受到伤害的时候,也不要忘了别人的感受,因为那个使你受伤的人也许正在为伤害了你而自责不已。

赏析/梁秋燕

没有发芽的种子

诚实是一种品质，不应该因一时的贪婪或虚荣而将它抛于脑后。

据说在很久以前，有一个国家的国王因贤明而深受国民爱戴，可是他年事已高，又没有孩子，他决定从国内老百姓中找一个诚实的孩子做他的继承人。一天，他让人给每一个孩子发一粒花的种子，并当众宣布："谁能用这粒种子培育出最美丽的花朵，谁就可以做王位的继承人。"孩子们都梦想做王位继承人，因此都种下了种子。从早到晚，浇水、松土、施肥，精心地培育自己种下的花。

有一个名叫雄日的男孩也在家里种下了他的种子，但是好多天过去了，花盆里不见动静。有一天雄日扒开泥土一看，种子依然如旧，没有发芽。雄日很难过，便去问母亲这是怎么回事，母亲说："你不妨将花盆里的土壤换一换，然后你再试试看。"雄日按照母亲的建议，换了新的土壤，播下了种子，又过了好多天，种子仍然没有发芽。到了国王上街看花的那一天，孩子们一个个都打扮得漂漂亮亮的，涌上街头，各自捧着一个花盆，等候国王一一观赏捧在手中的花盆，盆里的异花奇卉争奇斗妍，令人赏心悦目。但是国王却板着面孔，脸上没有一丝笑容。突然，国王看见站在一边的雄日，他低着头，流着泪，手里端的是一个空花盆。国王把他叫到了跟前问："你的花盆里怎么没有花呢？"雄日一边流着泪，一边说出了他培育那颗种子的经过。

国王听罢,高兴地拉着雄日的双手,向大家宣布:"这就是我选中的儿子。我发给大家的都是煮熟了的种子,只有这个叫雄日的小孩才是诚实的。"

文/佚　名

诚者为王

　　故事中的雄日因为诚实而获得了国王的青睐,当上了王位的继承人。与其他培育了奇花异卉的孩子相比,他的花盆里空空的,什么也没有。但事实上,他的花盆里却栽培着世界上最最美丽的花朵,那就是诚实的花朵,也正是贤明的老国王所寻找的漂亮花朵。

　　诚实让雄日得到了王位,故事中诚者为王,而在我们的现实生活中也是如此。很多时候,我们常常埋怨上天对自己不公,没有让我们在芸芸众生中脱颖而出,成就一番事业。可我们是否好好地审视过自己的言行呢?我们用真诚去处事待人了吗?从小到大,我们的长辈都教导我们要诚实,不要撒谎,但我们真正做到的又有多少呢?诚实是一种品质,不应该因一时的贪婪或虚荣而将它抛于脑后。

　　真诚地对待生活,生活也将真诚地对待你。诚者为王,我们坚信这不仅仅是个简单的小故事,终有一天,我们也会因诚实而成为王者。

赏析/凌天天

邮箱上的钉子

一旦你发现自己在做一件错事,或者养成一种坏习惯,就马上停止。

从前有一个农场主,他有一个名叫约翰的儿子,他是个粗心的孩子,让他做的事情,他总是做不好。

一天,他爸爸对他说:"约翰,你这么粗心又健忘,以后你每次做错事情时,我将在这个邮箱上钉一颗钉子,以便提醒你不听话的次数。每次你做对了事情,我就拔出一颗钉子。"他父亲履行了他的诺言,每天他都钉一颗钉子,有时候钉了许多钉子,但是很少拔出来钉子。

最后,约翰看见邮箱上钉满了钉子,他开始忏悔犯了这么多错误。他决心做一个好孩子,第二天他表现得非常好,也非常勤劳,结果拔出了几颗钉子。每天都是如此,持续了很长一段时间,直到最后只剩下一颗钉子了。他的父亲把他叫来,说:"看,约翰,这里还有最后一颗钉子,现在我打算把它拔出来。你不觉得高兴吗?"

约翰看着邮箱,并没有像父亲期待的那样表示出高兴,而是哭了起来。他父亲问:"为什么?怎么啦?我本来以为你会高兴,所有的钉子都没有了呀。"

约翰哽咽道:"是,钉子是没有了,但创伤还在那里。"

亲爱的孩子,创伤与你的错误和坏习惯一样,仍然保留在那里;

你可以克服它们,你也可以逐渐地医治它们,但是伤痕仍然存在。现在,听我的劝告,一旦你发现自己在做一件错事,或者养成一种坏习惯,就马上停止。因为如果每次你听之任之的话,你就钉进一颗钉子,即使这颗钉子以后会拔出来,但这将在你的心灵上留下一个创伤。

文/[美]考得利

亡羊时什么时候开始补牢

约翰为什么在钉子都被拔了之后还是不开心呢?错误改正了,他应该好开心才是啊!"知错能改是好孩子。"这可是大人教育小孩子的话,但是约翰看着邮箱上留着的创伤,他觉得错误还是改正得迟了点。"亡羊补牢"的故事大家都知道吧,要是丢羊的人在第一只羊丢失的时候就"补牢",就不会多丢几只羊了。我想,约翰一定是懊悔了!

不知道你有没有过这样的经历呢?当你在路上不小心把一只脚踩入了臭水沟,你是赶紧把这只脚收回来呢,还是把另一只脚也踩下去,继续走过去呢?一只脚已经弄脏了,还任由第二只脚继续弄脏吗?所以我们不但要学会知错必改,还要学会一旦发现错误就立即改正,不要再做愚蠢的丢羊人了,更不要在落下了创伤后才深深地懊悔!

赏析/黄咏威

责任重于泰山

勇于承担责任的人才能勇于面对人生中的风风雨雨。

一九二〇年的一天，美国一位十二岁的小男孩正与他的伙伴们玩足球，一不小心，小男孩将足球踢到了邻近一户人家的窗户上，一块窗玻璃被击碎了。

一位老人立即从屋里跑了出来，勃然大怒，大声责问是谁干的。伙伴们纷纷逃跑了，小男孩却走到老人跟前，低着头向老人认错，并请求老人宽恕。然而，老人却十分固执，小男孩委屈地哭了。最后，老人同意小男孩回家拿钱赔偿。

回到家，闯了祸的小男孩怯生生地将事情的经过告诉了父亲。父亲并没有因为他年龄还小而开恩，却是板着脸沉思着一言不发。坐在一旁的母亲总是为儿子说情，开导着父亲。过了不知多久，父亲才冷冰冰地说道："家里虽然有钱，但是他闯的祸，就应该由他自己对过失行为负责。"停了一下，父亲还是掏出了钱，严肃地对小男孩说："这十五美元我暂时借给你赔人家，不过，你必须想法还给我。"小男孩从父亲手中接过钱，飞快跑过去赔给了老人。

从此，小男孩一边刻苦读书，一边用空闲时间打工挣钱还父亲。由于他人小，不能干重活，他就到餐馆帮别人洗盘子刷碗，有时还捡捡破烂。经过几个月的努力，他终于挣到了十五美元，并自豪地交给了他的父亲。父亲欣然拍着他的肩膀说："一个能为自己的过失行为负责的人，将来一定是会有出息的。"

许多年以后，这位男孩成为美利坚合众国的总统，他就是里根。

后来，里根在回忆往事时，深有感触地说："那一次闯祸之后，使我懂得了做人的责任。"

是的，这个世界，只有视责任重于泰山的人，才有希望成为一个伟人。

文/袁小宇

过失行为也要负责任

一个人对自己说过的话，做过的事勇于承担责任，那他一定是在集体中受大家欢迎的人。

我们每一个都会在无意中犯了这样或那样的错，比如一句话伤了某个人的心，不小心弄坏的别人心爱的东西，这时怎么办呢？不要逃避自己的错误，而是要勇于承认自己的错误，并且要想办法弥补自己的错误。

十二岁的里根打碎了邻居的窗玻璃，虽然是他不小心踢球打碎的，但是他的父亲并没有因为这样的理由就轻易地原谅他。他要让里根明白即便是自己的过失行为，也要勇于承担责任。而小里根的做法也给我们做了很好的示范和启迪。

勇于承担责任的人才能勇于面对人生中的风风雨雨。

赏析/陈　思

孩子，我为你骄傲

诚实，是一种美德。幼小的心灵需要春
风般的关爱与赞美。

　　四十年的时间似乎已经很长，长得足以使人忘记一个熟人的名
字，我自己就有过这样的经验。

　　有一位我曾经很熟悉的老夫人，现在我已记不起她的名字了，她
原本是我在迈阿密送报纸的时候认识的一位客户。那是一九六二年
的年末，那一年我十二岁。虽然已经隔了这么多年，但她曾经给我上
的一堂宽恕他人的课还像是昨天刚刚发生过一样，我只希望有一天
我能把它传授给别人。

　　那件事发生在一个风和日丽的午后。我正和一个朋友躲在那位
老夫人家的后院里，朝她的房顶上扔石头。我们饶有兴趣地注视着石
头从房顶边缘滚落，看着它们像子弹一样射出，又像彗星一样从天而
降，我们觉得很开心很有趣。

　　我拾起一枚表面很光滑的石头，然后把它掷了出去。也许因为那
块石头太光滑了，当我把它掷出去的时候，不小心，它从我手中滑落，
结果砸到了老夫人后廊上的一个小窗户上。我们听到玻璃破碎的声
音时，就像兔子一样从老夫人的后院里飞快地逃走了。

　　那天晚上，我一想到老夫人后廊上被打碎的玻璃就害怕，我担心
会被她抓住。很多天过去了，一点动静都没有。我确信已经没事了，但

我的良心却开始为她的损失感到一种深深的犯罪感。我每天给她送报纸的时候，她仍然微笑着和我打招呼，但是我见到她时却觉得很不自在。

我决定把我送报纸的钱攒下来，给她修理窗户。三个星期后，我已经攒下七美元，我计算过，这些钱已经足够修理窗户了。我把钱和一张便条一起放在信封里，我在便条上向她解释了事情的来龙去脉，并且说我很抱歉打破了她家的窗户，希望这七美元能弥补她修理窗户的开销。

我一直等到天黑才鬼鬼祟祟地来到老夫人家，把信封投到她家门内的信箱里。我的灵魂感到一种赎罪后的解脱，我终于觉得自己能够重新正视老夫人的眼睛了。

第二天，我去给老夫人送报纸，我又能坦然面对老夫人给予我的亲切温和的微笑并且也能回她一个微笑了。她为报纸的事谢过我之后说："我有点东西给你。"

原来是一袋饼干。我谢过了她，然后就一边吃着饼干，一边继续送我的报纸。

吃了很多块饼干之后，我突然发现袋子里有一个信封，我把它拉了出来。当我打开信封的时候，我惊呆了。信封里面是七美元和一张简短的便条，上面写着："孩子，我为你骄傲！"

译/飘 雪

有一种美德叫诚实

诚实与谎言总是对立的，一件不诚实的事情可能使一个人一辈子充满内疚和不安；一个诚实的心灵可以使一个人永远充满欢乐和自信。故事中孩子的情感在"孩子，我为你骄傲！"中升华，老夫人以她特有的宽容和关爱如春风一样吹拂着一颗稚嫩的心灵；"孩子，我为你骄傲！"就像一个跳动的音符，一曲爱的旋律，一缕煦暖的阳光。一颗美丽和欢快的心灵

第四辑　孩子，我为你骄傲

109

没有大人的夜晚·精华版

伴随孩子健康成长。

　　诚实,是一种美德。幼小的心灵需要春风般的关爱与赞美。

赏析/晓　凡

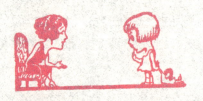

妈妈的蓝本子

　　　　好朋友间应该互相谅解,互相谦让,互相帮助。

　　妈妈有本蓝本子,卡加每天晚上看见妈妈在蓝本子上写啊写。

　　这天,妈妈又拿出了蓝本子,在上面写啊写。

　　"妈妈,你在写什么啊?"卡加问。

　　妈妈说:"在写你的事啊!"

　　"是我的事吗?"卡加好奇极了,爬到了妈妈的膝盖上。

　　妈妈写的字好难哦,卡加看看这个,不认识;看看那个,也不认识。突然,他指着本子上的"卡加"两个字兴奋地叫起来:"这是'卡加'!"

　　妈妈笑着点点头,问:"想不想知道妈妈今天写的是什么事?"

　　"想。"

　　于是,妈妈看着蓝本子念了起来:

　　"今天,卡加的好朋友爱米来家里玩,卡加拿出图画书和爱米一起看。看着看着,两个人打了起来。因为卡加看得快,爱米看得慢,卡加不耐烦等,就推开爱米,只顾自己往下看。爱米伸手抢图画书,不小心撕破了书。就这样,卡加和爱米打了起来,后来,爱米哭着回家去了。"

念完,妈妈看着卡加的眼睛,说:"你知道妈妈刚才写这段话的时候,在想什么吗?"

"不知道。"卡加老老实实地回答。

"妈妈在想,卡加和爱米一点儿也不像是好朋友。"

卡加急了,大声说:"是好朋友!"

"如果是好朋友,"妈妈说,"那么,两个人一起看书,看得快的人就应该耐心地等一等啊!"

卡加脸红了,他悄悄告诉妈妈说:"妈妈,我看得快,是因为那本书我看过好几遍了,爱米他是第一次看。"

"那你就更不应该那样做了,更不应该和爱米打架,是不是?"妈妈摸着卡加的大脑袋说。

卡加马上从妈妈的膝盖上跳了下来,说:"妈妈,我要去爱米家一趟。"

妈妈知道卡加要去干什么,不过,她说:"现在天晚了,明天去吧。"

上床睡觉了,起先,卡加怎么也睡不着,他在想明天见到爱米时要说的话。后来,他迷迷糊糊地睡着了,梦见自己和爱米手拉着手一起跑。跑啊跑,卡加惊讶地看见自己的图画书在前面飞,就和爱米一起追了过去。突然,图画书变成了一张魔毯,他和爱米跳上去,魔毯载着他们高高地飞了起来……

文/金建华

真正的朋友

妈妈的蓝本子里记录的东西可真不少。

比如,今天卡加和爱米打架的事情,妈妈就记录下来了。

妈妈觉得卡加和爱米不是一对好朋友,因为好朋友间应该互相谅解,互相谦让,互相帮助。还有,好朋友不应该打架。卡加开始觉得委屈,后来他终于明白了这个道理。他想立刻去向爱米道歉。但妈妈阻止了他,因为时间太晚了,妈妈建议他明天再去。卡加如此诚恳,相信他一定能跟爱米言归于好。

如果你也跟你的朋友闹翻了,不管是什么原因,要勇敢、真诚地向他(她)道歉,告诉他(她)你不是故意的,你还愿意做他(她)最好的朋友。

赏析/李盛欢

守信用的好孩子

在与朋友交往时,我们必须遵守承诺,坦诚相对,这样才能交到真正的朋友。

吃过早饭后,妈妈对佳佳说:"孩子,今天是星期六,妈妈休息,我想带你去桃花村看看外婆,好吗?"

佳佳有半年多没见到外婆了,他高兴极了,一下子蹦了起来:"噢,太好了,我又可以见到外婆了!"

佳佳和妈妈高高兴兴地出了门,走在茂密的树林里,呼吸着树林里的清新的空气,佳佳突然想起了什么,忙对妈妈说:"妈妈,我不能去看外婆了,你自己一个人去吧,你代我向外婆问好。"

妈妈奇怪地问:"孩子,你为什么突然改变了主意?"

佳佳认真地回答:"丽丽今天要和我去公园栽树。"

妈妈急了,她劝佳佳说:"栽树迟一天、早一天也不要紧。还是改在明天吧!明天是星期日,你们也不上学呀!"

佳佳着急地说:"不!我答应了丽丽,就一定要等她!"

话还没说完,佳佳就掉过头,往家里飞快地走去……

佳佳急急忙忙地回到家,就站在家门口,焦急地等呀等,一直等到太阳落山了,也没有见到丽丽的身影。

天黑了,妈妈带着许多好吃的东西从桃花村回来了,她刚一进家门,就急着问佳佳:"孩子,你们去公园栽好树了吗?"

佳佳失望地说:"妈妈,不知为什么,丽丽今天没来!"

妈妈惋惜地说:"咳!早知道丽丽没有来,你还不如早上和我一起去看外婆!这下你可后悔吗?"

佳佳摇了摇头,认真地说:"不,我一点儿也不后悔!妈妈,你不是经常教育我交朋友一定要守信用吗?"

正在这时,门外突然传来急促的敲门声。佳佳忙打开门,一看,来的人正是丽丽的妈妈。

丽丽的妈妈不好意思地说:"佳佳,实在对不起,丽丽今天发高烧住院了。她躺在医院病床上,老催着我快来给你送个信,说你还等着和她去公园栽树呢!真对不起!让你白等了一天。"

佳佳忙对妈妈说:"妈妈,丽丽没骗我,明天我就去医院看望她!"

佳佳妈妈高兴地笑了:"妈妈错怪了你,你们两个都是守信用的好孩子!"

文/梅　莉

恪守承诺　坦诚相对

看了这篇故事后,我们都应该竖起大拇指啧啧称赞佳佳和丽丽:"不愧是守信用的好孩子。"不管发生了什么事情,她们终究没有将朋友间的承诺抛于九霄云外。守信用是我们相互交往的基础。我们不能因为自己的私心,而不履行自己的承诺。故事中的丽丽虽然生病不能按时赴约,但也让她的妈妈给佳佳送个信。诚信走遍天下!如果我们都只把信用挂在嘴边,言行不一致,那么我们将失去他人的信赖,甚至身边的朋友也会远离我们。所以,在与人交往时,我们必须信守承诺,坦诚相对,这样才能交到真正的朋友。

赏析/邱红伟

第五辑　掌声总会响起来

　　我们每个人来到世界上，都是独一无二的自己，所以我们每个人都有着自己的长处和短处。我们可能会羡慕别人的玩具比自己的多，觉得别人的条件比自己的好，我们像小草仰望大树一样自我卑微。树比小草高大，但我们不能就此判断谁比谁更优秀，谁比谁更糟糕，只要我们坚信，既然我们来到这个世界，就要好好地享受生命的奇迹。哪怕是一棵最不起眼的小草，也有分享阳光和雨露的权利。

我们在同样的蓝天下成长

一样善良友爱

一样努力向上

一样分享阳光雨露

没有理由

不给我们最热烈的掌声

心灵先到达那个地方

成功,是人人都渴望的,但是坚持不达到目标不罢休的信念,以及为到达成功彼岸而付出一系列的努力,却不是人人都能做到的。

美国西部的一个小乡村,一位家境清贫的少年在十五岁那年,写下了他气势非凡的《一生的愿望》:"要到尼罗河、亚马逊河和刚果河探险;要登上珠穆朗玛峰、乞力马扎罗山和麦金利峰;驾驭大象、骆驼、鸵鸟和野马;探访马可·波罗和亚历山大一世走过的道路,主演一部《人猿泰山》那样的电影;驾驶飞行器起飞降落;读完莎士比亚、柏拉图和亚里士多德的著作;谱一部乐曲;写一本书;拥有一项发明专利;给非洲的孩子筹集一百万美元捐款……"

他洋洋洒洒地一口气列举了一百二十七项人生的宏伟志愿。不要说实现它们,就是看一看,就足够让人望而生畏了。

少年的心却被他那庞大的《一生的愿望》鼓荡得风帆劲起,他的全部心思都已被那《一生的愿望》紧紧地牵引着,并让他从此开始了将梦想转为现实的漫漫征程,一路风霜雪雨,硬是把一个个近乎空想的夙愿,变成了一个个活生生的现实,他也因此一次次地品味到了搏击与成功的喜悦。四十四年后,他终于实现了《一生的愿望》中的一百零六个愿望……

他就是上个世纪著名的探险家约翰·戈达德。

当有人惊讶地追问他是凭着怎样的力量，让他把那许多注定的"不可能"都踩在了脚下，他微笑着如此回答："很简单，我只是让心灵先到达那个地方，随后，周身就有了一股神奇的力量，接下来，就只需沿着心灵的召唤前进了。"

文/祥　子

信念＋努力＝成功

成功，是人人都渴望的，但是坚持不达到目标不罢休的信念，以及为到达成功彼岸而付出一系列的努力，却不是人人都能做到的。究竟怎样才能走向成功呢？透过《心灵先到达那个地方》这个故事，我们看到了探险家约翰·戈达德，用自己的生活演绎了一条公式：信念＋努力＝成功。

首先，我们要有达到成功的信念，并在心灵深处坚持不懈，那么，我们就有了良好的起始，有了源自心底的动力。这就好比心里嵌上了火红的太阳，还会惧怕表面上的雪雨风霜吗？

再就是努力，如果约翰·戈达德仅仅是抱着他那气势非凡的《一生的愿望》想入非非，他能在四十四年内实现其中的一百零六个愿望吗？锁在抽屉里的理想蓝图是座空中楼阁，我们要把"许多注定的'不可能'踩在脚下"，就得对自己的理想付出努力。

信念＋努力＝成功，这就是二十世纪著名探险家约翰·戈达德给我们的启示。

赏析/飘　摇

最普通的角色

舞台上不能每个人都是主角,这是无法改变的,但做一个最普通的角色又有何不妥呢?

有一天,胖胖放学回家说,他们幼儿园要选小朋友当演员跳舞,还要选几个敲鼓的。他说他想当演员,如果老师不选他,那么他就当敲鼓的,他说他的力气大,敲鼓肯定没问题。

过了几天,他兴冲冲地回家告诉外婆:"我选上啦!"外婆问:"是演员还是敲鼓的?"胖胖响亮地回答:"是观众!"

观众?观众也要选吗?母亲说,是老师骗了孩子;父亲说,这孩子真是笨;外婆却很高兴,外婆说,只要孩子高兴就行了。是呀,胖胖确实很高兴,胖胖说:"那天我一定要穿上最漂亮的衣服。老师说到时候观众要为演员和敲鼓的鼓掌,我一定要把手拍得最响。"

幼儿园那么多孩子,不可能每个人都是演员和敲鼓的,还需要有观众,有观众存在,这场演出才会有意义。从这个角度说,观众就是一个很重要的角色。这是一个很简单的道理,但成人去理解和接受它,却是如此困难。

文/佚 名

做自己的主角

《最普通的角色》这则小故事说明了一个道理:在人生的舞台上,即使是别人认为最普通的角色,只要我们自己认为它不普通,并且努力去扮演好属于自己的那个角色,那么我们就不是最普通的角色,而是自己的主角了。故事中的"外婆"极力支持"外孙"去当好"观众",她的一句"只要孩子高兴就行了"是多么的令人感动啊!一直以来,即使我也常常是扮演着一些在其他家长看来是很普通的角色,可是我的家人总是在默默地支持我,这也是我经常充满自信的源泉啊!

有句格言说:"只要自以为你了不起,旁人也就会以为你了不起。"舞台上不能每个人都是主角,这是无法改变的,但做一个最普通的角色又有何不妥呢?只要我们努力把它扮演好,也同样是非常精彩非常出色的角色。

赏析/肖雨滴

生　命

还有什么比善待生命、抗争命运更让人敬仰和震撼的呢?

有一年夏天的下午,我在山上一连割了几小时柴草,最后决定坐下来吃点东西。我坐在一根圆木上,拿出一块三明治,一边吃一边眺望着那美丽的山野和清澈的湖水。

要不是一只围着我嗡嗡转的蜜蜂,我的闲暇心情是不会被打扰的。那是一只普普通通的、却能使野餐者感到厌烦的蜜蜂。不用说,我立刻将它赶走了。

蜜蜂一点儿也没有被吓住,它很快飞回来,又围着我嗡嗡直叫。

哟，这下我可失去了耐心，一下子将它拍打在地，随后一脚踩入土里。

没过多久，那一堆沙土鼓了。我不由得吃了一惊，这个受到我报复的小东西顽强地抖着翅膀出现了。我毫不犹豫又一次把它踩入沙土中。

我再一次坐下来吃晚餐。几分钟后，我发现脚边的那堆沙土又动了起来。一只受了伤但还没死去的蜜蜂艰难地从沙土里钻了出来。

重新出现的蜜蜂引起了我的内疚。我弯下身去察看它的伤势。它的右翅还比较完整，但左翅却折皱得像一团纸。然而，它仍然慢慢地一上一下抖动着翅膀，仿佛在估计自己的伤势。它也开始梳理那沾满沙土的胸部和腹部。

这只蜜蜂很快把挣扎的力量集中在皱折的左翅上。它伸出腿来，飞快地将着翅膀。每将一下，它就拍打几下翅膀，似乎在估量自己的飞翔能力。哦，这可怜的小东西以为自己还能飞得起来！

我垂下双手，跪在地上，以便清晰地观察它那注定是徒劳的努力。我凑近看了看，心中想，这蜜蜂完了。作为一个飞行员，我对翅膀太了解了。

然而，蜜蜂毫不理会我对它的判断。它继续整理着翅膀，似乎慢慢恢复了力量。它将翅的速度加快了，那因皱折而不灵活的薄纱似的翅膀现在几乎已被抚平。

蜜蜂终于感到自己已恢复了力量，可以试着飞一飞了。随着一声嗡嗡的声响，它从沙土地上飞了起来，但没能飞三英寸远。然而，接下来的是更有力的将翅和拍翅。

蜜蜂再一次飞起来，这一次飞出了六英寸远，最后撞在一个小土堆上。很显然，这只蜜蜂已经能够起飞，但还没有恢复控制方向的能力。正如一个飞行员在摸索一架陌生飞机的特性，它遭受了一次又一次的失败，每一次坠落后，它都努力地纠正新的失误。

蜜蜂又飞起来了。这一次它飞过了几个沙堆，笔直地向一棵树飞去。它仔细地避开树身，控制着方向，然后慢慢飞向那明镜似的湖面，仿佛去欣赏自己的英姿。当这只蜜蜂消失后，我才发现，自己还跪在地上，已跪了好久好久。

文/[美]克伦·沃森

没有大人的夜晚·精华版

善 待 生 命

　　蜜蜂和人比较起来,力量太悬殊了。人两次想置它于死地,可蜜蜂从未放弃过对生命的渴求,对自己命运的抗争。它一次次从沙土中顽强地钻出来,对决定自己生存的翅膀进行不懈的努力。还有什么比善待生命、抗争命运更让人敬仰和震撼的呢?

赏析/陈　思

捐 赠 天 堂

谁会捐赠心头宝,唯有天使。

　　单位号召大家为灾区捐物,同事李子拎来一个特大的包,里面除了四季衣物之外还有一对母子毛毛熊以及几条漂亮的发带。李子说:"这些玩意儿全是我那宝贝闺女给塞进来的。昨天我下班回家,说单位让给灾区捐款捐物,我闺女不明白捐献是怎么一回事,非让我给她讲讲不可。这一讲可不要紧,我那小公主竟然抹起眼泪来。她跟我说:'妈妈,那些灾区的小朋友连衣服都穿不上,肯定没有毛毛熊也没有发带,把我这些东西送给他们吧!'"李子把那只熊妈妈翻过来,只见它的肚子上贴着一块小橡皮膏,上面歪歪扭扭地写着四个字:"祝你快乐。"

好一个爱煞人的小天使，我在心里这样说，眼睛有些泛潮。我很自然地想起至今还珍存在心里的那两张剪纸。

那是两张"四不像"剪纸，刀法笨拙粗糙。我甚至可以说，它是我见到过的最糟糕的剪纸。朋友徐第一次朝我炫耀时，我大笑地对他说："不是跟你吹牛，我就是闭着眼都能剪出比这强十倍的剪纸来。"徐一脸的肃穆，他说："如果你知道了关于它的故事，你就再也不会嘲笑它了。"

徐是唐山人，大地震时他还是个孩子，无情的地震毁灭了他的家园，夺走了他的母亲……开学了，他擦干了泪水与同学们一起去上学。在搭建的抗震棚里，老师把外地同学捐赠的书本分给大家。他分到的书很新，翻开看时，竟然发现里面有两张剪纸。徐很高兴地欢呼起来。这欢呼引来了全班的同学，大家妒忌地分享了他那份巨大的欢乐。

"要知道，"徐很动情地说："在废墟掩埋了一切的背景下，这两张剪纸给一个可怜孩子的可是一份奢侈的欢愉呀！"我想，在这个世界上，大概只有孩子才最懂得孩子：他爱的，就相信小朋友一定也爱。他小心翼翼捧在手里的有可能只是几粒石子甚至一块泥巴，但当他慷慨地当做礼物赠送给一个极想得到它的伙伴时，他们就共有一个天堂，童趣永远是大人们无法涉足的一块福地。当你明白了十克拉的钻石比一只玻璃球值钱时，那你已经悲壮地长大，你再也不易拥有那种至纯至善至美的天使之心了。

我不知道毛毛熊和发带又将演绎出怎样一个美丽的动人故事，我只知道，一颗童心给另一颗童心捐赠了一个真正的天堂。

文/佚　名

童心最真

成人捐赠往往是一种布施，儿童的捐赠则是送给需要的人一颗美丽的心。

第五辑　掌声总会响起来

123

没有大人的夜晚·精华版

灾难过后,人们不仅需要物质上的重建,更需要精神重建。一个孩子把自己最喜欢的东西,拿出来捐赠,因为她相信,这些心爱之物,一定会给一颗遭受磨难的心灵一个天堂。

谁会捐赠心头宝,唯有天使。

拥有一颗童心,就是一个天使。

保护一颗童心,就是维护一个天堂。

赏析/小布妞

一次喝彩,改变了他的一生

别忘了,世界会因你的一次喝彩而变得分外亮丽。

美国医学博士弗雷德·J.爱泼斯坦,是纽约大学医疗中心儿童神经外科主任,世界上第一流的脑外科权威之一。他首创了不少高难度外科手术——包括切除脊柱和脑血管上的肿瘤(在他以前,这两种肿瘤都被认为是无法开刀的)。然而,令人难以置信的是,这样的一位卓有成就者,在校求学时,却曾是一名有着严重学习障碍的学生。

爱泼斯坦博士在他的回忆录《我曾是智障者》一文里,讲述了自己求学的经历。他最不能忘怀的是他上五年级时遇到的一位名叫赫伯特·默菲的老师。由于生理原因,爱泼斯坦遭遇了严重的学习障碍,尽管他尽了自己最大的努力,可仍不断遭受挫折和失败。他自认比别人"笨",就退却消沉,并开始装病逃学。默菲老师没有因爱泼斯坦的"笨"而轻视他,相反,还满腔热情地鼓励他。有一天课后,老师把爱泼斯坦叫到一边,将他的一张考卷递给他。那上面,爱泼斯坦的答案都错了。"我知道你懂得这些题目,为什么我们不再来一次呢?"老师挨个问考卷试题让爱泼斯坦回答。爱泼斯坦每答完一道题,他都微笑着说:"答得对!你很聪明,我知道你其实懂得这些题目。我相信你的成绩会好起来的。"他还一边说一边把每个题目都打上钩。

默菲老师在爱泼斯坦的成长中起了多大的作用,我们无法估量。有一点可以肯定,如果换一个老师,只知指责爱泼斯坦不努力,或者干脆把他视为差生斥为"蠢笨",也许,未来的医学奇才就夭折在他的手里了。正是赫伯特·默菲的赞扬和鼓励,激发了爱泼斯坦的信心,他才告别了绝望,倔强地与命运抗争,不再认输,不可懈怠,终于完成了正常人也不容易完成的学业,成了医学博士。

"你很聪明,我知道你懂得这些题目的",一句喝彩的话,扬起了一位少年的奋进之帆。喝彩能驱除消沉者心灵的阴霾,使他们看到生活的美丽,看到希望的绚烂;喝彩能消融自卑者心灵的雾障,使他们信心百倍勇气陡增。一次小小的喝彩,甚至改变人的一生!

黑格尔在《生活的哲学学》里讲述了这样的一则故事:一个被执行死刑的青年在赴刑场时,围观的人群中有个老太太突然冒出一句:"看,他那金色的头发多么漂亮迷人!"那个即将告别人世的青年闻听此言,朝老太太站的方向深深地鞠了一躬,含着泪大声说:"如果周围多一些像你这样的人,我也许不会有今天。"青年死刑犯的话令人深思。一个人老是生活在别人的指责、轻视甚至鄙夷里,往往要么心灵泯灭自甘平庸;要么心灵变态仇视他人和社会!而富有爱心的人饱含善意的喝彩,则能引导人走上人生的正途。

也许就是你的一次小小的喝彩,世界就多了一分亮丽!

文/张　峰

学会赞美别人

在我们的集体中,可能会有一些同学没有我们聪明,没有我们学习那么努力,没有我们性格那么开朗,没有我们特长那么突出。在与同学相处中,你会不会因为别人不如你,你就瞧不起别人,甚至嘲讽别人呢?

文中默菲老师面对智障的学生,没有指责和嘲讽,而是热情的鼓励,衷心的喝彩。瞧!就是这鼓励和喝彩,为智障的爱泼斯坦打开了另一扇窗,使他成为著名的医学博士。别忘了,世界会因你的一次喝彩而变得分外亮丽。

赏析/晓　凡

阔 步 人 生

> 人不自卑,任何地方都会留下我们的脚印。

那一年夏天,一个八岁的男孩与同学相伴去同学的爷爷家。同学的爷爷是个退伍军官,住在一座独院的两层楼内,院内还有一个红砖砌成的小花坛。

一直住在泥草搭建的临时窝棚的男孩被眼前的景色惊呆了,他从未见过如此漂亮的住处。

门开了,同学走了进去,可男孩怎么也迈不开脚,他不敢踏上那光洁明亮猩红色的地板。

开门的是一位高大威严的军人,一脸虎气,毫不犹豫地把门关上了。他没有想到的是,关在门外的男孩生平第一次产生一种奇怪的心情,而且哭着回家了。

妈妈擦干男孩的眼泪说："不要怕别人家漂亮的地板，再漂亮的地板也是让人踩的，人不自卑，任何地板都会留下我们的脚印。"

　　妈妈的一番话深深地印在男孩的心里，也是生平第一次，他学习到做人的意义。从此以后，他在任何"漂亮的地板"上都是昂首阔步。他知道，人永远比"地板"尊贵。

文/李　军

我们不自卑

　　王侯将相宁有种乎？至今在中国的上空盘旋、回荡，我们细数一些古今中外的英雄，很多都出自平民，就说说我们熟悉的历史书上介绍过的吧，西汉王匡、王凤，唐末黄巢，元末陈友谅，明末李自成，这些人中，陈友谅是渔民之子，其他的可都是地地道道的农民啊。他们都是当时社会最底层的普通百姓。他们被司马迁写进《史记》，成为令人景仰的大英雄。

　　人们尊重、纪念这些英雄，是因为他们都做了惊天动地的大事业。而不是他们后来所获得的名利。我们尊重一个人，也不是因为他拥有什么，而是因为他曾经做过什么。

　　八岁的小男孩，因为贫穷，在老将军的两层小楼和小楼内猩红的地板前却步了，母亲擦干他的眼泪说："不要怕别人家漂亮的地板，再漂亮的地板也是让人踩的，人不自卑，任何地方都会留下我们的脚印。"

　　母亲说得多好啊，物质上的不平等在短时期内我们无法改变，但精神上的平等任何时候我们都可以做到。无论蚂蚁和大象，灵魂都是平等的。人只有自尊自信，才能创造出属于自己的一片天地。轰轰烈烈的大事业，不只是出身高贵的人做出来的。人类的历史，就是人民群众写成的啊。

　　我们有什么理由自卑呢？

赏析/小布妞

人生更短的东西

正视你的短处,然后淋漓地发挥长处和优势,那么,你的短处就会越来越短,成功也会越来越近。

十岁那年,我从牛背上摔了下来,落下了脚跛的后遗症。我不再和同学们一起玩耍,我怕看他们的目光,更怕他们在我背后交头接耳、嘻嘻哈哈。我用自己的冷漠和孤独去对抗他们的热情、同情或嘲笑。

直到上了初中一年级,我仍没有任何朋友,也很少和同学、老师说话,每天都静静地坐在教室最后面的一个角落里发呆。

后半学期,一位姓邱的老头儿当了我们的班主任。一天下午放学后,他叫住正要走出教室的我:"可以到我的办公室做客吗?"邱老师的脸上布满了真诚和慈祥。那一刻,我的泪水流了下来。自从上学起,还没有哪位老师对我这样微笑过——不含怜悯,没有嘲笑。

邱老师让我坐下,他用粉笔在地上画了一条直线。"你能用什么方法使它变短?"

我笑了,这有什么难的。我用手指在直线上抹了一下:"这不就短了吗!"

"还有其他的方法吗?"邱老师仍然微笑着问我。

我又用手指狠狠地在一节线段上抹了一下:"老师,它更短了。"

"还有其他方法吗？"我摇了摇头。"你看，"邱老师拿起粉笔在三节线段的旁边又画了一条更长的直线，"它们是不是越短了一些。"邱老师指着两条线说。

我点了点头，诧异地望着他，我不知道今天这老头儿葫芦里卖的什么药？

"刚才的短线好比人的短处，长线呢，就好比人的长处。你只在短线上抹了几下，表面上，它变短了，可事实上它还继续存在，就像人的短处，无论怎样掩饰、分割，它仍是你的短处。人生有些事情不能轻易改变，但改变另外一些东西，就容易多了。"邱老师说着，又在线段的旁边画了一条更长的线，"你看，人的长处越长，他的短处不就更短了吗？"

我不禁震住了。"我通过别的老师和同学，包括你的父母了解到，其实你有许多别的同学没有的优点，你的书法、文章都写得不错，眼光放到你的长处上，你同样可以成功、快乐。"

从此以后，我不再为我的脚跛而自卑，我的性格逐渐热情开朗起来。人生最短的不是你的缺陷和缺点，不要一味地掩饰、分割你的短处和不足。正视它，然后淋漓地发挥长处和优势，那么，你的短处就会越来越短，成功也会越来越近。

文/孔 琪

129

欣赏自己

文中的邱老师用一支粉笔和自己对人生的感悟，让一个不受关注因而充满自卑的孩子走出了阴暗的角落，燃起了对生命的渴望。也许你不相信邱老师创造的奇迹。然而奇迹正在一个个邱老师的关怀下到处呈现。容忍、关怀、爱心，让我们周围的每个人都充满微笑。自强、自信，是你前进的动力。

每个人都有自己的短处，无论怎样掩饰、分割，它仍是你的短处。

我们所能做到的就是:正视你的短处,然后淋漓地发挥长处和优势,那么,你的短处就会越来越短,成功也会越来越近。

赏析/晓 凡

脚 比 路 长

远方无论多远,只怕没有追寻的双足抵达。

古老的阿拉比国坐落在大漠深处,多年的风沙肆虐,使城堡变得满目疮痍。国王对四个王子说,他打算将国都迁往据说美丽而富饶的卡伦。

卡伦距这里很远很远,要翻过许多崇山峻岭,要穿过草地、沼泽,还要涉过很多的江河,但究竟有多远,没有人知道。

于是,国王决定让四个儿子分头前往探路。

大王子乘车走了七天,翻过三座大山,来到一望无际的草地边。一问当地人,得知过了草地,还要过沼泽,还要过大河、雪山……便掉转马头往回走。

二王子策马穿过一片沼泽后,被那条宽阔的大河挡了回来。

三王子漂过了两条大河,却被又一片辽远的大漠吓退返回。

一个月后,三个王子陆陆续续回到了国王那里,将各自沿途所见报告给国王,并都再三特别强调,他们在路上问过很多人,都告诉他们去卡伦的路很远很远。

又过了五天，小王子风尘仆仆地回来了，兴奋地报告父亲——到卡伦只需十八天的路程。

国王满意地笑了："孩子，你说得很对，其实我早就去过卡伦了。"

几个王子不解地望着国王："那为什么还要派我们去探路？"

国王一脸郑重道："那是因为我只想告诉你们四个字——脚比路长。"

是的，脚比路长，远方无论多远，只怕没有追寻的双足抵达。人生亦是如此，我们不怕目标的高远，只怕没有追寻的勇气、热情、执著……只要心头时时燃烧着坚定的信念，一往无前地行进下去，就会惊讶地发现——很多所谓的远方，其实真的并不遥远。

文/褚振江

永不放弃

大王子、二王子、三王子被内心的恐惧所击倒，无功而返。只有小王子，他勇敢，不怕任何困难，所以他到达了目的地。

许多时候，不是我们做不到，是我们的主动放弃，因为心里的某种恐惧，而停下了自己的脚步。

有时候，我们坐在此岸遥望彼岸，觉得遥不可及。其实，通往彼岸的路就在脚下，要相信，只要心头时时燃烧着坚定的信念，一往无前地行进下去，就会惊讶地发现彼岸并不遥远。脚比路长。

赏析/小布妞

用四根手指接住球

乔治,用四种感官,也能追求并且拥有
充实、幸福的人生。只要不断地努力。

乔治·坎尔贝出生时两眼全盲。医生判断是"先天性白内障"。

乔治·坎尔贝看不见,但是,父母的爱和信心,使他的童年生活多彩多姿,完全不觉得自己有残障。

六岁时,乔治遇到一件无法了解的事情。一天下午,和他一起玩的同伴忘了乔治看不见,向他丢过一个球,并且说:"小心,球要打到你了!"

乔治被球击中了。他没有受伤,却十分不解。他问母亲:"为什么比尔知道球会打到我,我自己却不知道?"

母亲叹了一口气,她担忧的时刻终于到来。她说:"或许你听不懂。这么说吧!"她握住儿子的小手,数他的手指头。

"一、二、三、四、五。五根手指像人的五种感官,听觉、触觉、嗅觉、味觉……"她犹豫了一会儿才说:"还有视觉。这五种感官,将信息传达到你的大脑。"

她把代表"视觉"的手指头弯下来:"乔治,你和别人不同。你只有四种感觉,听觉、触觉、嗅觉、味觉,但是没有视觉。站起来!"她轻声地说。

乔治站了起来。母亲把球捡起来。"准备接球!"他感觉球碰到手指,便合拢双手,把球接住。

"太好了，"母亲说，"永远都不要忘了你刚刚做的事情。只用四根手指，也能接到球。乔治，用四种感官，也能追求并且拥有充实、幸福的人生。只要不断地努力。"

有时候，四根手指把握的人生更伟大，更有意义。

文/佚　名

残缺与完美

什么样的力量能使残缺的世界变得完美。面对自己的孩子，母亲永不言弃。

在乔治母亲的心里，他的儿子并不残疾，因为她深知，如果她把乔治当成残疾儿童对待，乔治也必然时时意识到自己是残疾。可是如果她当乔治和正常孩子一样，乔治也必然当自己是正常儿童。母亲的下意识，对一个孩子的影响是无法言表的。所以当乔治被球击中受伤时，母亲这样解释给乔治听："……五根手指像人的五种感官，听觉、触觉、嗅觉、味觉、视觉……乔治，你和别人不同。你只有四种感觉，听觉、触觉、嗅觉、味觉，但是没有视觉。"同时，当乔治接住球时，母亲鼓励乔治说："……乔治，用四种感官，也能追求并且拥有充实幸福的人生。……"

在乔治母亲的心里，儿子只是和其他的孩子有点不同，就像每一个孩子都有区别于其他孩子的特点一样。在母亲的爱心教育和鼓励下，乔治很快接住了球，也接住了幸福，充实的人生。

这个故事，不仅让我们感动，还更让我们深思，作为一个母亲，怎样对待孩子的缺憾，是一个应该学习的课题。

爱无所不能。同情，责打，鼓励……当你的孩子不像你想象的那样时，你选择什么？

赏析/花衣裳

不喝牛奶的孩子一样能长大

有时候,追求别人的天堂,却差点走进了自己的地狱。

"不喝牛奶的孩子一样能长大!"当头缠纱布的父亲对我说完这句话时,我泪眼婆娑……

人活在世上,常常会被各种各样的事物所诱惑,而陷入人生的沼泽地。望着别人的碗,总以为里面全是好东西,于是便想丢下自己的碗。有时候,追求别人的天堂,却差点走进了自己的地狱。

念高一时,寝室里除了我之外,还住了另外四个同学。他们家境非常好,每人都有一台"德生"牌袖珍收音机,很让人眼馋。我来自大瑶山的贫困农村,能读上高中就是一种奢侈了。哪里还谈得上什么收音机!我每天只能眼巴巴地望着他们听英语节目、听音乐……

收音机对我的诱惑力一天天地增强,使我像一位吸惯了鸦片却得不到鸦片的人一样,巨大的失落和痛苦一起折磨着我。

一个星期天的中午,我心潮翻涌,收音机的诱惑和父母疲惫不堪的背影在我心中不停地交锋,最终还是诱惑俘虏了我的心。于是,我一口气走了三十里山路回到家里,眼泪汪汪地对父母说:"我要一台收音机!"

父亲听了,只是低头叹息;母亲则扭过脸去抹眼泪。我的心很痛,一赌气,借着朦胧的月光连夜往学校赶。父亲追了出来,但始终没有追上我，也许是走了另一条路，也许是劳累了一天体力跟不上，也许是……一个月之后，一个星期天的上午，从来不到学校的父亲突然出现在我的面前，头上缠着一圈纱布，额上还有暗红的血迹。我震惊了，莫非……父亲把我叫到校园的一片树林里，说："孩子，你不能和人家攀比。一个人活着，最重要的是要有志气。记住，不喝牛奶的孩子一样能长大！"父亲说完，便从怀里掏出一样东西放在我手上。我一看，正是我心仪已久的收音机！我捧着收音机，沉甸甸的……望着父亲头上的血痕，想着那天晚上父亲跟着追出的情景，顿时眼泪簌簌落下。父亲没有再多说什么，只是重复着那句"不喝牛奶的孩子一样能长大"，然后便消失在我模糊的视野中……

后来，我从母亲那里得知，那天晚上父亲摔得很重，在医院住了一个月，刚出院就往学校赶；那台收音机是父亲卖了五百毫升血换来的！我欲哭无泪，那颗曾被诱惑占据的心被击得粉碎。我不知道那天晚上父亲是怎么返回家的，也不知道看到头缠纱布的父亲，母亲的心是怎样被千万把剑猛刺着流血！

我的母亲！

我的父亲！

"不喝牛奶的孩子一样能长大！不喝牛奶的孩子一样能长大……"

在以后的人生道路上，父亲的这句话时刻陪伴着我，鞭策着我，使我抵制住了各种各样或大或小的诱惑的病毒，不再望着别人的碗而丢了自己的碗，朝着正确的方向一步一个脚印地奋勇前行！

文/风清云淡

面对物质的诱惑

读完《不喝牛奶的孩子一样能长大》，已是眼泪汪汪，这里有一个伟大的父亲，这里有一个感人至深的故事。人活在世上，常常会被各种各样的事物所诱惑，而陷入人生的沼泽地。望着别人的碗，总以为里面全是好东西，于是便想丢下自己的

碗。有时候,追求别人的天堂,却差点走进了自己的地狱。

无论贫穷还是富有,父母对我们的爱都是一样的。就像文中的父亲,为了不让孩子的渴望落空,虽然家里一贫如洗,自己又身负重伤,还是卖了五百毫升的血,为孩子换回了梦寐以求的收音机。满足了孩子的心愿,却不想让孩子陷入各种各样的物质诱惑,父亲说出了那句"不喝牛奶的孩子一样能长大"。这句话,对于我们每一个人,都是一种警示啊。

在生活中我们要以冷静的心态面对种种诱惑,以免迷失自我。在前进的路上找准自己生命的方向,无论遇到多大的困难,也要充满自信、乐观地面对一切。

赏析/晓　凡

掌声总会响起来

你的鼓励和祝福、你的掌声对别人是无比的安慰,是继续前进的动力。

有一对兄弟,他们生在偏僻的山村。哥哥先考进京城的一所重点大学,继而弟弟也面临着高考。弟弟选择的是沪上的一所名校,但又感到目标定得过高,于是哥哥给他来信,为弟弟鼓掌、加油。弟弟在哥哥的喝彩声中实现了自己理想。后来哥哥在考研中,又得到弟弟的掌声鼓励。看来,他们会一辈子为对方鼓掌,在人生的旅途中携手共进。

一九七七年,伦敦大戏院决定重演一部名叫《欲望号街车》的话剧。这部话剧是一位美国作家在三十年前创作的。

公演的那天，有位又胖又矮的老头儿，手里攥着那出话剧的剧本，平静地坐在戏院内一个不起眼的角落。

戏剧落幕。老头儿最后一个步出戏院。

他看见戏院门口前的阶梯、走廊和人行道上密密麻麻站满了人。人们一齐鼓掌，向他——《欲望号街车》的作者致敬。

掌声经久不息。

六十三岁的美国老头儿田纳西·威廉士突然泪流满面。他举起手中那本已经发黄的老剧本，轻声对它说："你瞧，有那么多的好人在为你鼓掌……"

是的，如果你仔细观察，生活中总有一些人在为你鼓掌。你刚刚学步时跌得鼻青脸肿，但你摇摇晃晃又站了起来，你的父母会为你鼓掌。你读小学时，在班会上很诚实地承认是你摔坏了别人的文具盒，老师和同学会为你鼓掌。你在与朋友久别重逢的聚会上，很勇敢地卡拉 OK"献丑"一曲，朋友们会为你鼓掌。你和你恋爱的那个人在婚礼上互相亲吻，嘉宾会为你鼓掌。甚至你在街上行走，很凑巧地扶起一位跌倒的老人，陌生的路人也会停下匆匆的脚步，一齐为你鼓掌……你有没有想过，你生来就应该得到许多好人的鼓掌！无论你劳苦穷困、寂寞，都总会有人在为你鼓掌——哪怕你暂时还听不到这些悦耳激动人心的掌声。譬如司马迁，时隔千年后有个叫苏子美的在为他鼓掌；再如施耐庵，也有个不怕砍头的金圣叹为他鼓掌。就算是寂寞得不能再寂寞的俞伯牙，在万籁俱静的长江边，还有个叫钟子期的汉子在为他鼓掌。

你是好人，会情不自禁地为某些人或事来鼓掌——包括你自己。

别吝惜掌声，让它响起来，一切会变得美好和灿烂……

文/李文忠

献上最真诚的祝福

小朋友们，当你每一次进步，爸爸妈妈一定会高兴地赞美你，这样的赞美对你是不是一种莫大的鼓励呢？如果你仔细观察，生活中总有一些人在为你鼓掌。同样的道理，你的爸爸妈妈、同学朋友或者是你自己,在工作和学习上遇到一些困难或取得一些成绩时,千万别忘了把你的鼓励和祝福及时送出去,你的鼓励和祝福,你的掌声对别人是无比的安慰,是继续前进的动力。

　　记住文中的那句话吧:"别吝惜掌声,让它响起来,一切会变得美好和灿烂……"

赏析/陈　思

第六辑　肚脐上爱的眼睛

　　爱的力量非常大，它会创造许多美好，它就像是花粉，通过蜜蜂的辛勤采集，花粉酿成了甜蜜。我们无法丈量爱，也不能给它下一个定义，但是我们时刻都能感受到爱的存在。它会用神奇的力量感染我们每一个人，它会扫除我们心灵里每一个角落的阴霾，普以阳光，它甚至还会通过我们传递给其他人。也许有人会问，爱在哪里呢？爱，无处不在，它在父母的微笑里，在老师的谆谆教诲里，在朋友之间相互帮助的眼神里……

我不知道爱是什么
它带给我最真挚的祝福
它悄悄地温暖我的心窝
它还把一只小小鸟放在我的手心
看着我快乐歌唱

天使的翅膀

一节体育课,一幅奇特的景象,教室里几十个小朋友排成长长的队伍,等着摸辉仔的背……

辉仔非常自卑,他的背上有两道非常明显的疤痕,从颈上一直延伸到腰部,所以辉仔非常害怕换衣服,尤其是上体育课。当其他的小孩子很高兴地脱下校服,换上轻松的运动服的时候,辉仔总会一个人偷偷地躲在角落里,用背部紧紧地贴住墙壁,以最快速度换上运动服,生怕别人发现。可是,时间久了,其他小朋友还是发现了他背上的疤。

"好可怕哦!"

"怪物!"

天真的、无心的话往往最伤人,辉仔哭了。这件事发生以后,辉仔的妈妈特地牵着他,去找老师。

"辉仔刚出世就患了重病,当时想放弃的,可是又不忍心,一个这么可爱的生命啊,怎么可以轻易地结束掉?"妈妈说着,眼睛红了,"幸好当时有位很高明的大夫,动手术挽救了他,他的背部便留下了两条疤痕。"

妈妈转头吩咐辉仔:"来,掀给老师看。"

辉仔迟疑了一下,还是脱下了上衣,老师惊讶地看着那两道疤,心疼地问:"还会痛吗?"

辉仔摇摇头:"不会了。"

此时,老师心里不断地思考:如果禁止小朋友取笑辉仔,只能治标,不能治本,辉仔一定还会继续自卑下去。一定要想个好办法。

突然,脑海里灵光一闪,她摸了摸辉仔的头说:"明天的体育课,你一定要跟大家一起换衣服哦。"

辉仔眼里,晶莹的泪水滚来滚去:"可是,他们又会笑我,说我是怪物。"

"放心,老师有法子,没有人会笑你。真的!"

第二天上体育课,辉仔怯生生地躲在角落里,脱下了他的上衣,果然不出所料,有小朋友又厌恶地说:"好恶心呀!"

辉仔双眼睁得大大的,眼泪已流了下来。这时候,教室门突然被打开了,老师出现了。几个同学马上跑到了老师面前说:"老师你看,他的背好可怕,像条大虫。"

老师没有说话,只是慢慢地走向辉仔,然后露出诧异的表情。

"这不是虫!"老师眯着眼睛,很专注地看着辉仔的背部,"老师以前听过一个故事,大家想不想听?"

小朋友最爱听故事了,连忙围了过来。

老师说道:"这是一个传说。每个小朋友,都是天上的天使变成的,有的天使变成小孩的时候很快就把翅膀脱下来了。有的小天使动作比较慢,来不及脱下他们的翅膀。这时候,那些天使变成的小孩子,就会在背上留下这样两道痕迹。"

"哇!"小朋友发出惊叹的声音,"那这就是天使的翅膀?"

"对啊,"老师露出神秘的微笑,"大家要不要互相检查一下,还有没有人像他一样,翅膀没有完全掉下来的?"

所有小朋友听到了老师这么说,马上七手八脚地检查对方的背,可是,没有人像辉仔一样,有这么清晰的痕迹。

"老师,我这里有一点点的伤痕,是不是?"一个戴眼镜的小孩兴奋地举手。"才不是哩,我这里也红红的,我才是天使!"

小朋友们争相承认自己的背上有疤,完全忘记了取笑辉仔的事情。辉仔原本哭红的双眼，此刻已停止眼泪。

突然，一个小女孩轻轻地说：“老师，我可不可以摸摸小天使的翅膀？”

“这要问小天使肯不肯。”老师微笑地向辉仔眨眨眼睛。

辉仔鼓起勇气，羞怯地说：“好。”

女孩轻轻地摸着他背上的疤痕，高兴地叫了起来：“哇，好软，我摸到天使的翅膀了！”

女孩这么一喊，所有的小朋友都大喊：“我也要摸！”

一节体育课，一幅奇特的景象，教室里几十个小朋友排成长长的队伍，等着摸辉仔的背……

文/佚　名

学生的天使

《天使的翅膀》叙述了一位体育老师，凭着爱心和智慧巧妙地使一位学生从自卑中走出来的动人故事。

老师就是我们学生心目中的“神”，他们的每一个言行举止都直接地影响着我们。我们不妨设想一下，假若故事中的体育老师只是把“辉仔”的伤疤来由直接地告诉其他同学，那么，还会达到预期的效果吗？我想答案明显是否定的。幸运的是，我们这位老师充分发挥了她的聪明才智，抓住学生的年龄特征，给大家讲了一个关于“天使的翅膀”的故事，不仅以此保护了一颗纯真而脆弱的心灵，还达到了一石三鸟的效果。而这对于一切追求完美的学生——“辉仔”来说，他将从此摆脱其他同学的怪异目光，走出自卑的阴影束缚，坦然地面对以后人生中的风风雨雨。可以说，这样的老师才是我们学生心中真正的“天使”。

赏析/宋　维

最好的老师

关爱是互动的，我们把爱送给别人时，
爱的阳光也会温暖我们自己内心的情感。

当汤普生夫人站在五年级学生面前时,她撒了一个谎。像绝大多数老师一样,在第一次面对学生时,总是告诉孩子们,将对他们一视同仁。

但事实上,这是不可能的。比如,汤普生夫人就很不喜欢坐在第一排的那个名叫特德的小男孩。汤普生夫人注意到这个孩子很乖张,与其他孩子合不来;他总是穿着一身脏兮兮的衣服,似乎从未洗过澡。他的学习也很不好……每当汤普生夫人的目光落到特德身上,她就会不由自主皱眉头。

一天,校方要求汤普生夫人必须阅读班上每个孩子的档案。她把特德的那份抽了出来,放在了最后。然而,当她读到这个孩子的评语时,她感到前所未有的震惊。

一年级的老师这样写道:"特德是一个聪明的孩子,作业整洁而优美,很有礼貌……总是给大家带来欢乐。"

二年级的老师写道:"特德很优秀,同学们都很喜欢他。但这孩子很不幸,他妈妈的病已到了晚期。家庭生活对他而言,将是一场考验。"

三年级的老师写道:"妈妈的死给他很大打击。虽然他试着尽最大努力，但他的父亲对这些毫不在意。如果不采取措施，那会毁了他的。"

四年级的老师写道："特德对学习不感兴趣，他孤僻内向，没有朋友，有时还在课堂上睡大觉。"

直到这时，汤普生夫人才意识到问题所在，她为自己感到羞愧。圣诞节来临，孩子们都送来了精致、漂亮的礼品，煞是惹人喜爱。特德也送来一份，不过是用一张包装食品的旧褐色包装纸包裹着的。如果在从前，汤普生夫人会不由自主皱一下眉。而现在，汤普生夫人却感觉心中沉甸甸的。

当汤普生夫人把特德的礼品打开时，她感到一阵心痛。里面是一只缺损了的人造水晶手镯，和一只装着小半瓶香水的玻璃瓶。在孩子们的嘲笑声中，汤普生夫人当即把手镯戴上，惊叹道："多美的手镯呀！"随后，她又把特德送的香水洒在手腕处——汤普生夫人的举动止住了孩子的笑声，全场鸦雀无声。

那天放学以后，特德一反常态呆了很久，仅仅为了和汤普生夫人讲一句话。他说："老师，今天你的样子，和我妈妈一样，她常常像你那样，闻我送给她的香水。"

孩子走了以后，汤普生夫人哭了至少一个小时。从这天开始，汤普生夫人的教师工作多了一项内容，用不同的方式鼓励、诱导孩子们。

汤普生夫人对特德给予特别的关注。现在，只要和她在一起，他的思维好像一下子活跃了起来。她越是鼓励他，他的反应就越敏锐。

学年结束的时候，特德已经成为班上最聪明的孩子中的一员。不过，汤普生夫人"一视同仁"的诺言始终没有兑现——从前，特德是她的"弃儿"，现在则成了她的"宠儿"。一年以后，她在自家的门缝发现了一封信，是特德写的。在信中，特德告诉她，她是他一生中遇到过的最好的老师。

六年过去了，汤普生夫人收到特德的第二封信。他写道，他已经高中毕业，在班上名列第三；转眼又是四年，汤普生夫人再次收到特德的信。特德说日子很艰难，但他顽强地抗争着，很快他就要以最优秀的毕业生身份离开学校；第二个四年过去后，一封信又不期而至。

不同的是,这一次特德的署名稍稍长了一点,前面冠以医学博士的字样。虽然特德每次来信的内容不尽相同,但每次他在信中都会对汤普生夫人说同样的一句话:你是我一生中遇到的最好的老师。

故事还没有结束。就在那年春天,汤普生夫人又接到一封来信。特德说他遇上了一个好姑娘,并且快要结婚了。他想知道汤普生夫人愿不愿意在他结婚那天,坐在新郎母亲通常坐的那个位置上。当然,汤普生夫人答应了。

就在那一天,汤普生夫人特意戴上那只缺了几颗石头的人造水晶手镯,喷上那只玻璃瓶里的香水。他们拥抱在一起,特德在汤普生夫人耳边轻轻说道:"谢谢,多谢你的信任,汤普生夫人。是你让我意识到自己很重要,并明白自己的确可以非同一般。"

汤普生夫人含着泪花,大声说:"你错了,特德。你才是那个教我意识到自己很重要的人。在未遇见你之前,我根本不知道怎样教我的学生。"此刻,暖流淌过每个人的心田。

译/胡海棠

爱别人也是爱自己

有时家庭的变故常让一些幼小的心灵受到无辜伤害。这样的伤害常使孩子性格乖张,自卑心理严重,对学习失去兴趣,不愿和同学相处。每一棵幼苗都需要阳光雨露的抚育,我们不能忽略这些孩子内心渴望被关爱的情感世界。用真心走进他们,用真情鼓励他们,让自信自强的种子在他们内心生根发芽。

关爱是互动的,我们把爱送给别人时,爱的阳光也会温暖我们自己内心的情感,我们自己也会像汤普生夫人那样,明白自己的确可以非同一般。

赏析/陈 思

用你的左手刷牙

只要你愿意奉献一点点的爱心,接受爱
心的人往往会把它看得很大。

那一年,我还是个二十岁的儿科见习护士,正处于从学生期过渡
到正式护士的阶段。那时候,我认为,在儿科当护士比在心血管科或
者手术室当护士要容易得多。因为,我总是喜欢照顾孩子们,喜欢和
他们一起游戏。我相信这个过渡期一定会很短暂很容易。我会轻而易
举地通过测试,顺利毕业。

克瑞斯是一个八岁的小男孩,浑身似乎有使不完的劲,在他参加
的每一项体育运动中都表现得非常突出,成绩优异。但他因为不听父
母的话,到邻居家尚未完工的建筑工地去玩,并且爬了梯子,结果跌
下来,把胳膊摔断了。

他被摔断的胳膊因为裹扎得太紧而受到了感染,里面淤积了脓
毒,产生坏疽。在这种情况下,除了截肢,别无选择。我被指派为护理
他的护士。

开头的几天过得很快。我在为克瑞斯做健康检查的时候,尽量显
出高兴的样子。在检查过程中,他的父亲一直在旁边陪伴他。

随着对他药物治疗的逐渐减少,克瑞斯对自己的病情也知道得
越来越多。而一旦明白了自己的处境,他的情绪就日益低落,整天闷
闷不乐。当他看见我拿着洗浴用的清洗棉球进来时,眼里立即流露出

戒备的神色。我把毛巾递给他,建议他接过去。他只洗了脸和脖子,就停下来不肯洗了。我只好帮助他洗完了澡。

第二天,我告诉克瑞斯,他必须自己独自洗澡。他不肯。我坚持要他这样做。他洗到一半,突然跌坐在地上。他说:"我累极了。"

"你不会在医院里呆一辈子的,"我轻声告诫他,"你必须学会自己照料自己。"

"噢,我做不到,怎么样?"他怒气冲冲地说,"我只有一只手,能做什么?"

我立刻换上一副最美丽的笑脸,同时,急切地运用我的大脑,希望能够发现一丝希望之光。最后,我说:"克瑞斯,你要相信自己能够做到。至少你还有右手。"

他把头转向别处,低声嘟哝道:"我是左撇子。至少过去是。"然后,他又怒目瞪视着我,"怎么样?"

突然,我觉得自己很可耻。我觉得自己像个骗子,又虚伪又不真诚,对他一点实际的帮助都没有。我怎么能够想当然地认为,一个突然失去左手的人很轻易地就能面对生活,照料自己?看来,他和我都还有很多东西需要学习。

第二天早晨,我微笑着跟克瑞斯打了个招呼,同时把手中的一根橡皮筋在他眼前扬了扬。他怀疑地看着我。

我把橡皮筋松松地绕在自己的右手腕上,说:"你是左撇子,我是右撇子。我将把右手背在身后,然后把橡皮筋绕到我的制服扣子上,把右手固定在那儿。以后,我让你用右手做什么,我自己就用左手先做一遍。我还答应你不会预先练习。现在,我们应该先练什么呢?"

"我刚刚睡醒,"他嘟嘟囔囔地说,"我需要刷牙。"

我设法拧掉牙膏盖,然后把他的牙刷放在床头的桌子上。之后,再笨拙地把牙膏挤在移动不稳的牙刷上。我越是费力地做这件事,他就越感到有兴趣。像这样奋斗了大约十分钟,并且浪费了一些牙膏之后,我成功了。

"我一定做得比你快!"克瑞斯断言。而当他这样做的时候,他咧着嘴笑的模样和我的笑容一样真实,一样发自内心。

接下来的两个星期飞快地过去了。

我们以极大的热情和竞争的精神处理他的日常生活。我们扣他的纽扣，在他的面包上涂黄油。尽管我们的年龄存在差异，但我们以平等竞争的方式进行着我们的游戏。

在我实习结束的时候，克瑞斯已经差不多能够自理、能够较有信心地面对生活了。我们以真诚的友谊相互拥抱着道别，眼睛里充满了感伤的泪水。

从我们分别到现在，已经过去三十多年了。在我一生中，曾经遇到过很多坎坷，但是，每当我在生活中遇到一件我从没有做过的事情时，我就止不住会想起克瑞斯，不知道他会如何处理。有时候，我会把右手背在背后，把大拇指勾在皮带上，试着用左手去做这件事……

不管怎样，我会永远想念他。

译/飘　雪

最好的帮助

故事中叙述了一个实习生护士与一个病人从相识到彼此相知的过程，病人的快乐和对生活的希望在护士的心中也燃起了一种神圣的渴望。是的，在生活中，如果把帮助他人当做一种快乐的话，那你就在自己的心中种下神圣的希望。你给了别人希望，同时别人也给了你一份快乐。

俗话说："滴水之恩，当涌泉相报。"只要你愿意奉献一点点的爱心，接受爱心的人往往会把它看得很大。帮助不幸的人走出生命的沼泽地，你就会变得自信、勇敢和快乐。

赏析/晓　凡

一 枚 戒 指

我们每个人就像这枚戒指,在人生这个大市场里要自我珍视,同时也要努力,让我们遇到的人,就算不是内行,也能发现我们真正的价值。

一个小伙子非常苦恼:"老师,我觉得自己什么事也做不好,大家都说我没用,又蠢又笨。我该怎么办呢?"

老师说:"孩子,我很遗憾,现在帮不了你,我得先解决自己的问题。"他停顿了一下,说,"如果你先帮我个忙,我的问题解决了,之后也许我可以帮助你。"

"哦……如果能帮您的忙,我很荣幸,老师。"年轻人很不自信地回答说。

老师把一枚戒指从手指上摘下来,交给小伙子,说:"骑着马到集市去,帮我卖掉这枚戒指,我要还债,要卖一个好价钱,最低不能少于一个金币。"

年轻人拿着戒指离开了。一到集市,他就拿出戒指给赶集的人看。人们围上来看,而当年轻人说出了戒指的价格后,有人嘲笑他,有人说他疯了,只有一位老人出于好心向他解释,一个金币是多么值钱,用来换这样一枚戒指是多么不值。有人想用一个银币和一些不值钱的铜器来换这枚戒指,但年轻人记着老师的叮嘱,拒绝了。

年轻人骑着马悻悻而归。他沮丧地对老师说："对不起，我没有换到您要的一个金币。也许可以换到两个或三个银币。"

"年轻人，"老师微笑着说，"首先，我们应该知道这枚戒指的真正价值。你再骑马到珠宝商那里去，告诉他我想卖这枚戒指，问问他给多少钱。但是，不管他说什么，你都不要卖，带着戒指回来。"

年轻人来到珠宝商那里，珠宝商在灯光下用放大镜仔细检验戒指后说："年轻人，告诉你的老师，如果他现在就想卖，我最多给他五十八个金币。""五十八个金币？"小伙子不敢相信自己的耳朵。

"是啊，我知道，要是再等等，也许可以卖到七十个金币。但是我不知道老师是不是急着要卖……"珠宝商说。

年轻人激动地跑到老师家，把珠宝商说的话告诉老师。

老师听后，说："孩子，你就像这枚戒指，是一件举世无双、价值连城的珠宝。但是，只有真正的内行才能发现你的价值。我们每个人就像这枚戒指，在人生这个大市场里要自我珍视，同时也要努力，让我们遇到的人，就算不是内行，也能发现我们真正的价值。"

编译/史　维

来自一枚戒指的思考

老师清楚知道戒指的真正价值，知道戒指在集市里和在珠宝商那里能卖到怎样的价。其实他也并没有要卖掉戒指的意思，于是他叮嘱年轻人在集市里戒指至少要卖到一个金币，而在商人那里对方出多少钱都不卖。最后，年轻人依着老师的吩咐做到了。老师告诉年轻人，他就像这枚戒指一样，是举世无双、价值连城的珠宝，只有真正的内行才能发现他的真正价值。所以，年轻人不必苦恼大家说他没用，又蠢又笨，因为他们没有发现年轻人的真正价值。而年轻人要做的就是像戒指一样，学会自我珍视，同时也要努力，让遇到的人就算不内行，也能发现自己真正的价值。

你曾经是否因为别人对自己不太友善的评价而感到苦

恼或自卑呢？是否因为别人对自己的不理解而感到失落呢？没关系,只要我们懂得珍视自己,发现自己,既不妄自菲薄,也不骄傲自大,认真做好自己的事,就如但丁所说:"走自己的路,让别人说去吧!"那么,总有一天,我们也会成为一枚光芒四射、闪亮的戒指。

赏析/俏　薇

第四十三号生

只要人人都献出一点爱,世界就会变成美好的人间。

班长张小露在锡山市泰丰小学四(2)班花名册的第四十三号学号的位置上,庄重地写上了一个大大的名字:王大智。

从此,四(2)班四十二名同学的集体中,多出了一名学生。

这是一名特殊的学生。

全班四十二名同学都是同一个年龄:十岁;他:十六岁。

全班四十二名同学都不超过一个身高:一米二;他:一米六四。

全班四十二名同学都聪明伶俐;他,严重弱智。

全班四十二名同学都有亲爱的爸爸妈妈;他,因弱智被父母抛弃。

全班四十二名同学都度过了近四年的学校生活;他,一直住在社会福利院。

四十二强烈地关注着一;尽管一根本不知道世界上有个四十二。

于是,四十二走近了一,把一请进了四十二。四十二变成了四十三。

一个寻常的星期五,却又是一个不寻常的星期五。

一清早,刘宁宁和郑小影打了一辆出租车,去接王大智来泰丰小学。

路上,王宁宁告诉王大智:

"今天,你上学了!"

王大智似懂非懂,歪着脖子,斜着眼睛,含混不清地说出了一个对他来说是全新的词汇:

"上学。"

王大智被接进了四(2)班教室。他被安排在第一排正中的座位上。进门时,他听到了一阵热烈的掌声,看到了一片亲切的笑容。

周老师走上了讲台。她用甜美的声音说:

"王大智,今天请你和同学们一起上课,好吗?"

王大智望了望老师,笑了笑,像望着灿烂的太阳。

周老师说:

"王大智,请你说'上课'两个字,好吗?"

王大智又笑了笑,这回他笑出了声:

"呵呵,上课。"

他又听到了一阵热烈的掌声。他不由自主地回过头来,面对着四十二名同学,他又看到了一片亲切的笑容。

这堂课是数学课。

周老师在讲完了四则混合运算应用题后,专门为王大智讲了一道题。

周老师问:

"王大智,四十二加一等于几?"

王大智听不懂。他不懂四十二是多少,也不懂一是多少。他笑着看了看老师,又回过头笑着看了看全班同学。他答不出来。

周老师立刻说:

"王大智,你看,你面对的是四十二个同学,他们就是四十二,你就是一。四十二加进一个一,你想是多少?"

王大智高兴了,手舞足蹈起来,笑出了声:

"呵呵!呵呵!"

宋小雨站了起来,大声说:

"老师,让我告诉他吧。告诉他后,他会回答出来的!"

周老师点了点头。

"王大智,"宋小雨说,"你说,是'四十三'!"

王大智马上回过头来,望着老师大声说:

"四十三!"

周老师很激动,也大声说:

"你答对了。是四十三!你就是咱们班的第四十三号学生!你答得好,我奖励你一面'小红旗'!"

王大智接过小红旗,高兴地举了起来,挥动着大喊起来:

"呵呵,四十三!"

他又听到了一阵掌声,掌声依然热烈。他回头面向大家,他又看到了一片笑容,但这次的笑容中闪动着许多泪花。

下午,班会开始了。

教室的黑板上写了一个大大的粉红色的字:家。

同学们今天坐的方式很特别:四十二把椅子摆成了一个中国地图的轮廓,一把椅子放在了锡山市的位置上。四十二名同学面向内,坐成了"中国地图","锡山"的椅子让王大智坐了。

周老师站在"中国地图"的当中,她意味深长地说:

"你们和我,和所有的中国人,组成了一个中国地图。中国——就是我们的国家!"

同学们都自豪起来,王大智也自豪起来。

周老师问大家:

"王大智坐的地方,是什么地方?"

邓丽丽回答:

"是我们的锡山市!"

"对,是我们的锡山市。"周老师说,"那么,锡山市是我们的什么呢?"

大家都在想。

姚娟说：

"是我们的家乡！"

周老师有些激动了，她说：

"在我们可爱的家乡里有一个四(2)班。四(2)班里四十三名同学互助互爱，就像兄弟姐妹一样。这又应当叫什么呢？"

这次大家异口同声：

"叫'大家庭'！"

周老师更加激动了：

"同学们，在我们美丽的国家里有我们可爱的家乡，在可爱的家乡里有我们温暖的大家庭。今天，我们的大家庭里又增添了一位新的成员，因此我们的大家庭便又增添了一份温暖。让我们的心紧紧地连在一起吧！我提议，大家手拉起手，一起高唱我们的班歌——《家，温暖的家》吧！"

歌儿唱起来了，手儿拉起来了，四十三名同学紧紧相拥在一起了，歌声和泪水交织在一起了……

班会的最后，班长张小露宣读了一项决定：

"从今天起，王大智是四(2)班第四十三号生。今后每周五接他来和大家一起过一天学生生活。"

王大智不寻常的人生开始了。

四(2)班同学不寻常的童年开始了。

文/金　本

爱心暖人间

世界上有一样很神奇的东西，如果你把它给予别人的越多，那么你自己就拥有得越多。知道这是什么吗？这就是爱心。

一位严重弱智的学生来到这个四(2)班不但没有被嘲笑、被欺负，反而被一颗颗善良的心所接纳、所帮助。助人为快乐之本，我想帮助过王大智的人都会感到快乐。

四(2)班的同学们互助互爱,把自己的爱心给予了这个集体,组成了一个温暖的大家庭。他们在这个家庭中享受着爱与被爱的幸福。如果一个班集体没有温暖,同学们的关系很冷漠,那我们在一起学习怎么会开心呢?同样,如果人间没有爱,我们的生活会幸福吗?"只要人人都献出一点爱,世界就会变成美好的人间。"所以请不要吝啬我们的爱心。

赏析/陈艳芳

肚脐上爱的眼睛

我们都犯过错,但有时候,错误会成为
一个成长的契机,一个让我们发现、学会爱,
宽容并且从此立下志愿为爱奋斗的契机。

那是一个晴朗的星期天,米娅老师把孤儿院的二十个孩子全部带到了父母的农场。她想让这些没有父母的孩子找到家的感觉,而且,农场院里的各种蔬菜水果都熟透了,鸡妈妈也刚孵出一群可爱的小鸡崽。

除了四岁的莱特,差不多所有的孩子都欢天喜地。莱特性格孤僻倔强,对所有人都持仇视态度。最要命的是他还有同龄人所少有的反抗精神。饭桌上,只有莱特一个人埋着头狼吞虎咽;花园里,只有他故意掐断火红的玫瑰花;课堂上,也只有他敢无理取闹。也许这一切都是因为莱特的父亲进了监狱,还有他母亲的随后出走吧。对于一个四岁的小孩子来说,具有这样的性格也未免太可怕了些。米娅在他身上花费了很大的心血,但总是不管用,她真的担心莱特的性格会毁了他一生。

孩子们在花园里已经玩得精疲力竭了,米娅悄悄地把鸡崽和鸡妈妈领到了花园。看到活泼可爱的小鸡,孩子们精神大振,他们高兴得又唱又跳。有的学着小鸡的样子叽叽喳喳满地乱跑,有的则争先恐后地喂小鸡食物。是啊,善良而富有爱心是孩子们的天性,几乎所有的小孩都喜欢动物。教育家研究发现:养宠物家庭的孩子远比没有养宠物家庭的孩子要细心善良得多。

米娅看见唯有莱特一个人坐在旁边发呆,活泼可爱的小鸡和憨态可掬的鸡妈妈并不能吸引他的注意力。他的眼睛里似乎蕴含着连成年人也少有的迷茫、孤独甚至是愤怒,这不是一双四岁小孩子所该拥有的眼睛啊。

这时,两只小鸡经过莱特的脚旁,他突然弯下腰,飞快地一手拎起一只小鸡,恶狠狠地骂道:"我讨厌你们乱窜,你们不知道打扰了我的休息吗?"小鸡拼命挣扎,米娅大叫:"莱特,放下它们!"可莱特不听,忽然,鸡妈妈从对面冲过来,一跃而起,照准莱特露在外面的肚脐,狠狠地一啄!莱特尖叫一声,立即松开了双手,哭着按住了自己鲜血淋漓的肚脐。获胜的鸡妈妈迅速带着两只小鸡逃开。

米娅赶紧替莱特清洗伤口,莱特很快止住了哭声,他开始不停地重复一句话:"我要报复!我要报复……"依莱特的脾气,只要有机会,杀掉鸡妈妈都不会让米娅感觉意外。

接下来的两个星期里,莱特每天都独自一人坐在一旁,他为自己肚脐上留下的这个清晰的伤痕既惭愧又懊恼。看到莱特闷闷不乐的样子,想起母鸡张臂保护一群小鸡的情景,米娅不由得感慨万千:既然动物都能为下一代撑起一片爱的晴空,那么我们人类难道不应该多几双爱的眼睛吗?

为了帮莱特掩盖这个印迹,让他淡忘不快乐的事情,米娅找出一个圆环,在上面刻了四个字:"爱的眼睛。"这天,米娅当着所有小朋友的面宣布:上帝知道莱特肚脐被啄伤后,特地送给他一个脐环,让他从此拥有一只既能保护自己又能关爱别人的眼睛。

莱特先是一副无所谓的样子,可当他看见小朋友们都用羡慕的眼神望着他时,终于第一次露出了开心的笑容,他开心地戴上了"爱的眼睛"。

小朋友都嚷着也要戴脐环,米娅笑着说道:"当你们有一天犯了一个小小的错误,但从此学会发现爱、宽容并且为爱奋斗后,你们才有机会戴上脐环。"从这一刻起,莱特成了孩子们心中的英雄,也是从这一刻起,他显然改变了许多:变得爱说爱笑,更重要的是他会关心照顾别人了。

从此,每当莱特遇到不开心的事,他都会告诉"爱的眼睛",每当别人需要帮忙时,"爱的眼睛"就好像具有一种魔力,指引着莱特去帮助别人……

莱特一直在孤儿院健康快乐地成长,他变得坚强、执著而富有爱心。

莱特懂事后,终于明白了米娅老师的苦心。他三十岁时,成了一家大型孤儿院的院长。孤儿院名字就叫:"爱的眼睛"。

文/佚　名

成长的契机

"爱的眼睛"把一个孤独、迷茫、愤怒的小孩变成了一个坚强、执著而富有爱心的孩子。这个孩子后来成为一家大型孤儿院的院长。

我们都犯过错,但有时候,错误会成为一个成长的契机,一个让我们发现、学会爱,宽容并且从此立下志愿为爱奋斗的契机。

所以,犯了错误不可怕,重要的是我们要怎么样来改正它。并把它变成另一双眼睛,一双直视我们心灵的眼睛。这样,我们永远都是好孩子。

赏析/花衣裳

外 国 老 师

安娜老师是一位爱心天使。她用爱心来感
动学生的心灵,她用爱心来浇灌学生的成长。

　　拉拉的学校里新来了一位女老师。女老师的头发是黄的,眼睛是蓝的,鼻子又长又高。

　　原来这是位外国老师,名字叫安娜。小朋友们都很喜欢这位外国老师,因为外国老师见到小朋友,总是笑得很开心。

　　拉拉却不喜欢安娜老师,上课的时候,他的眼睛不看外国老师,看着窗外的小鸟。拉拉眼睛虽然看着小鸟,心里却想着妈妈。妈妈生病了,躺在家里的床上,拉拉想:妈妈好可怜啊!我要回家去照顾妈妈。

　　这时候外国老师走到拉拉身边,摸摸拉拉的脑袋,笑着说:"拉拉,你是不是在听小鸟说话啊?"

　　拉拉想回答说"是",又想回答说"不是"。可是突然他说:"我的妈妈笑得比你好看!"

　　"真的吗?我真想见见你的妈妈啊!"安娜老师说,一点儿也不生气。

　　拉拉一下子好后悔,他想其实安娜老师笑起来很好看的,跟妈妈一样好看。只是因为妈妈病了,所以拉拉才这样说的。

　　上图画课的时候,安娜老师发给小朋友每人一张纸,让小朋友们爱画什么就画什么。

没有大人的夜晚·精华版

小朋友们都开心地笑起来，因为大家最爱这样画画了。

大家画呀画，教室里静悄悄的。坐在拉拉左边的美美画了一座花园，坐在拉拉右边的沙沙画了一个武士。

拉拉不画花园，也不画武士，他在纸上乱涂乱画，好像在跟谁生气。

安娜老师走过来，笑着问拉拉在画什么。拉拉大声说："妖怪！"

小朋友们"呼啦"围过来，大家都好奇地想看拉拉的画。拉拉突然觉得好难为情，他把画遮起来不让大家看。

"我们来抓妖怪好不好？"安娜老师在拉拉耳边轻轻说，好像在告诉拉拉一个秘密。

拉拉奇怪极了，纸上的妖怪怎么抓啊？只见安娜老师拿了拉拉的笔，在妖怪的身边"沙沙沙"画了一个又一个小朋友。

安娜老师画一个拉拉数一个："一、二、三……二十！"

呀！安娜老师一下子画了二十个小朋友，跟拉拉班上的小朋友一样多。而且这些小朋友拉拉都认识：有美美，有沙沙，有奇奇……还有拉拉自己！

原来安娜老师画的全是拉拉班上的小朋友啊！

"这是我！"

"那是我！哈哈哈……"

小朋友们全拥过来，在拉拉的图画纸上找自己，找到了，就开心得大笑。

这时候安娜老师又在拉拉耳边轻轻说："你想把这幅画送给你的妈妈吗？"

拉拉用力点了点头，他高兴地想：妈妈看了这幅画，一定会很高兴，一高兴，妈妈的病说不定就好了。

拉拉接着想，他要让妈妈第一个找自己，找到了再找安娜老师。

想到这里，拉拉赶紧在画上画了一个又好看又时髦的安娜老师。小朋友们看了，都拍起手来，说拉拉画得真像。安娜老师也高兴得笑啊笑，把眉毛也笑弯了。

"我好喜欢安娜老师啊！"拉拉想。

文/金建华

安娜老师是一个金发的外国老师,她又是一位充满爱心的好老师。

她有耐性,平易近人,她懂得用爱心去感染她的学生。

拉拉的母亲病倒了,他整日挂念妈妈的病情,因此,他心情十分低落。安娜老师不计较拉拉的冒犯,她体察拉拉的心情,想办法来安慰拉拉,最后还用画画的方法使拉拉重新变得快乐起来。

安娜老师是一位爱心天使。她用爱心来感动学生的心灵,她用爱心来浇灌学生的成长。她的确是一位好老师,其实我们身边的老师也像安娜老师一样关爱我们,只要我们细心就会发现!

赏析/李盛欢

不会笑的米格格

在那个爱笑的数学老师的感染下,米格格也变得活泼和开朗起来了。

米格格是个不爱笑的男孩。"只有小姑娘才那么爱笑。"米格格

感动小学生的100个故事·精华版

想。米格格遇到不好笑的事不笑，遇到好笑的事也不笑，好像生来就不会笑。

有一天，爸爸在睡午觉，米格格搞恶作剧，他把爸爸的大拖鞋拿走，在床边换上妈妈的红拖鞋。爸爸醒来上厕所，糊里糊涂穿上妈妈的红拖鞋就走。

爸爸那样子真是滑稽极了，米格格脸上一丝丝笑意也没有，好像这件事跟他压根儿一点关系也没有。

星期天，爸爸、妈妈带米格格出去玩，别人家的孩子一个个喜笑颜开，看上去开心得不得了。只有米格格始终板着脸，好像别人欠了他什么，弄得爸爸、妈妈也高兴不起来。

"唉，怎么生了个不会笑的孩子！"妈妈在心里叹着气。

节日里，有一位爸爸小时候的朋友来做客，送给米格格一把玩具枪。这个朋友本来想米格格一定会高兴得"咯咯咯"地笑，谁知米格格只说了声"谢谢"，就低着头走开了。

"他不喜欢吗？"朋友指了指米格格的背影，轻声问米格格的爸爸，很怕自己送错了礼物。

爸爸摇了摇头，说："别管他，他就这个样！"爸爸也不喜欢自己的儿子不会笑呢。

后来，大家突然发现米格格变得爱笑了，"咯咯咯！咯咯咯！"他出现在哪儿，哪儿就传来他欢快的笑声。

"这是米格格吗？原来那个不会笑的男孩？"听见的人都互相奇怪地打听。连米格格的爸爸、妈妈也不大相信，盯着米格格看了又看，好像不认识自己的儿子了。不过，儿子变得会笑了，他们真是满心欢喜呢！

那么，米格格是怎么变得爱笑的呢？秘密来自米格格的学校。

学校里新来了一位老师，教米格格他们班数学。这位老师给大家最大的印象是爱笑，她从上课一直笑到下课，好像她心里的快乐多得藏也藏不住，一个劲地往外冒。她笑啊笑，看上去甚至连她写在黑板上的那些阿拉伯数字也在快乐地跳动。

几天后，米格格发现，班里的同学一个个都变成了笑神，到处能看到大家的笑脸，听到大家的笑声。

终于,笑也传染给了米格格。"咯咯咯!咯咯咯!"米格格痛痛快快地笑着,把他的笑声传染给更多的人。

文/金建华

让笑声满人间

想象一下,如果一个人不会笑,他会是什么样子的?

如果一个人不会笑,他的生活一定很沉闷。而且,他还会让他身边的人也觉得不开心。《不会笑的米格格》里的米格格就是这样一个天生不爱笑的人,他整天板着一副面孔。他的家人、同学对此都很无奈。

不过后来,不会笑的米格格还是笑了起来。在那个爱笑的数学老师的感染下,米格格也变得活泼和开朗起来了。他还整天"咯咯咯"地笑个不停。他的家人和同学都因为他的笑声而感到特别开心!

当你看到一个人整天板着一副面孔,冷冰冰,阴沉沉的,你会开心吗?当你看到一个人笑容满面,你会不开心吗?其实忧愁和欢笑都是能传播给别人的。

如果你的笑声可以令你周围的人心情愉悦起来,那么请你不要吝啬你的笑容!

赏析/李盛欢

学校的大门坏了

成功与失败就在于你是否勇于尝试！

妈妈非常溺爱佳佳,从小什么事都不让他干。佳佳不会穿衣、洗脸……连吃饭都要妈妈喂。

秋天到了,佳佳背着新书包,高高兴兴地上学了。

有一天,学校的大门坏了,班主任王老师对佳佳说:"学校的大门坏了。你能跟老师去把它修好吗?"

佳佳一听,急得想要哭,他红着脸对王老师说:"老师,这修大门太难了!我不会呀!"

王老师看着手足无措的佳佳,鼓励他说:"不要紧,修门太简单了,老师来教你!"

佳佳看着王老师,为难地说:"妈妈天天都说我还小,她说我啥也学不会。在家里这也不让我干,那也不让我做,我长到这么大了,还什么事都不会做!我怕学不会修门……"

王老师安慰佳佳说:"那好吧,我们不学修门了。那你现在跟老师一起来做游戏,好吗?"

佳佳高兴地拍着手说:"好!好呀!"

王老师对佳佳说:"你能去帮老师找几块比大门宽点的木板吗?"

"能!"佳佳干脆地回答。很快,他就按老师的要求找来了几块木板。

王老师指着大门上的那个破洞,眼里露出鼓励的目光,认真地说："你能把木板钉在门上破的地方吗？"

"能！"佳佳信心十足地回答，他先把木板仔细地放在门的破洞上，用一只手扶住，再用另一只手拿起锤子，"乒乒乓乓"地钉起来。

很快，门上那个破洞被他钉好了。

王老师看了，不住地表扬佳佳："不错，不错！你把门修得很好！真棒！你真是个聪明能干的好孩子！"

佳佳困惑地问王老师："老师，你说什么？在家里，妈妈说我什么都不会做，也做不好呀！"

王老师指着大门，对佳佳说："孩子，你自己看看大门吧！"

佳佳看着修好了的大门，终于明白了，原来他一直在跟老师学修门。

"啊，我今天学会修门了！"佳佳高兴地跳起来。

文/梅　莉

成败在于你是否勇于尝试

要是有人告诉你：你不可能成功，而你又不敢迈出开始的那一步，那么你永远还是站在起跑线上。成功与失败有时在于你是否勇于尝试！我们都是爸妈的小宠儿，无论做什么事都有他们从旁指导，从来就不需动手去做，我们因此失去了独立思考的能力与生活自理的能力。

成功与失败就在于你是否勇于尝试！世界上没有做不到的事情，任何奇异的想法都不能断定是异想天开的，也许你成功地尝试了，未来的科学家就是你！请拿出一颗勇于尝试的心，请相信自己！

赏析/黎嘉丽

苏　丹

苏丹以坚强的意志和无比的毅力勇敢
地面对生活、面对一切她爱着和爱着她的人。

　　第一次见到苏丹是在一个月色朦胧的夜晚，也是我来到洪湖苏区的第一个晚上。我在田埂上散步，举目看到挂在芦苇上的圆月下，有一个小姑娘手中正挥动着一根细长的竹竿,吆喝鸭群。好一幅水乡牧归图。我正赞叹,突然,几只鸭子窜到我的脚下,我帮她赶了回去。在浅浅的月光中,我见到她微笑的面容。"太谢您啦！"

　　我淡淡一笑,因为在这种情形下,谁都会帮的。

　　"噢,我怎么不认识您？"她打量着我,"是省城来的老师？"

　　我点点头。

　　"啊,我们又能上课啦！"女孩兴奋得提高嗓门,惊得鸭群"呷、呷"乱叫。

　　我被她的情绪感染,当晚我就请校长给我安排工作。第二天,我走进教室,发现有张座位空着。我一打听原来是一名叫苏丹的同学未到。晚上,我寻着她学籍卡上的地址,来到一幢低矮的农舍前,轻轻敲门。

　　"谁呀。推门进来吧。"屋里传出一个妇人沙哑的声音。

　　我推开门,一股中药味夹杂物品的霉味扑面而来。

　　"啊！您是老师吧,快坐。昨晚苏丹唠了您一晚。"我觅着声音,看到一张破旧的躺椅上靠着一个浑身肿胀的中年妇人。

"那……今天她……"

"唉,怪我。她说到镇上卖几只鸭为我抓药。"

"妈,我回来啦!"随着一声疲惫的声音,门口闪出一个拎着大藤篮的瘦弱身影。

"是你?"我惊诧起来。

"老师。"苏丹立在我的面前,像一只受惊的小鹿。

"唉,是我拖累了她。"苏丹妈摇摇头,移动了一下身子,"这个家靠她撑着……"

"妈……"苏丹责怪道,"您又唠上了。"

"不唠,不唠。"苏丹妈扯起肿胀的面肌笑了。

回到学校,我向校长谈起此事。校长叹了一口气,用无比赞叹的口吻给我提供了一份苏丹的时间表:早上,四点起床,放鸭,做饭,给母亲喂饭,喂药,搽身子。中午、晚上重复一次。除了学习任务之外,家里的柴米油盐她都得管。这担子,怕是一个体格健壮的成年汉子也难担得起啊!

我被苏丹的事迹感动了。第二天,我出了一道作文题——《我爱我的母亲》。收回作文本,我翻开苏丹的作文,一行行秀丽的字跳入眼帘:

　　我母亲不是我的生母。听说我是一个被遗弃的女婴,母亲在医院门口把我抱回家,并和父亲商定再不要孩子。

　　在我三岁那年,父亲去世了。母亲本可再嫁,但为了我,她放弃了很多机会。现在母亲病了,照顾她,不是报恩,而是我爱她……是她用无私的爱给了我第二次生命,更使我懂得去爱人……

读着苏丹的作文,我的眼睛湿润了,我仿佛看到一棵火红的山丹丹花,把她的红色缀满大地……

文/伍　剑

爱的力量

这个故事让我明白爱是伟大和无私的。因为爱,母亲全心全意地照顾被遗弃的苏丹:不但没再要孩子,更放弃了改嫁的机会。因为爱,苏丹勇敢地挑起生活的重担,一边照顾生病的母亲,一边努力地学习。母亲和苏丹之间的爱也是纯洁的、无私的。虽然生活很艰苦,但是,苏丹以坚强的意志和无比的毅力勇敢地面对生活、面对一切她爱着和爱着她的人。她没有被困难吓倒,没有失去对生活的热爱,没有失去信心。

我们也要学习苏丹的这种精神,勇敢地面对生活,热爱我们身边的人,让这个世界充满爱和欢乐。

赏析/钟晶晶

第七辑 爱打洞洞的老爷爷

在时间的长河里，漂荡着满载了我们为梦想而许下愿望的小船，在这些小船里，也许很多梦想我们已经实现了，也许很多梦想我们还来不及实现就已经将它们忘记了。有太多的事，太多的人，都清晰地保留在我们的记忆深处，因为这些都是我们每一步丈量出来的。若干年后，也许我们会为童年的纯真付之一笑，也许还会想念一位陌生而可爱的老大爷，在温暖而调皮的回忆里，我们幸福而满足地回望，忍不住微笑……

时间一去不回
新的梦想在前面招手
身后岁月留给我们的礼物
一串脚印
一个纯真的微笑
还有一张充满温情的照片

红皮球和蓝皮球

找啊找，找朋友，找到一个好朋友，敬个礼啊，握握手，你是我的好朋友。

布布有一只红皮球，点点有一只蓝皮球。一天，他们一起来到草地上玩。

林林一蹦一跳地跑过来，看见布布的红皮球，说："小皮球，圆又圆，红红的颜色真好看！布布，能让我和你一块儿玩吗？"

布布一听，连忙抱紧红皮球，说："那可不行，这是我外婆送给我的。你想玩，叫你外婆给你买好啦！"

林林很扫兴，低下头，向别处走去。

点点见了，赶紧叫住他："林林，过来吧，咱们一块儿玩蓝皮球吧。"

林林一听，心里很高兴。她和点点愉快地玩起蓝皮球。

蓝皮球，圆又圆，林林和点点，你来我往，玩得欢又欢。

不一会儿，亮亮走过来了。看见红皮球，亮亮说："小皮球，圆又圆，红红的颜色真好看！布布，能让我和你一起玩吗？"

布布一听，连忙抱紧红皮球，说："那可不行，这是我外婆送给我的。你想玩，叫你外婆给你买好啦！"

亮亮听了这话，心里很难过，低着头，向别处走去。

点点和林林见了，热情地向亮亮打招呼："亮亮，过来吧，咱们一块儿玩蓝皮球吧。"

亮亮不愉快的心情一下子好多了,他拍着手跑过去,和点点、林林快快乐乐地玩起蓝皮球。

蓝皮球,圆又圆,林林、点点和亮亮,你来我往,玩得欢又欢。

布布独个儿玩自己的红皮球。他要说话,没有人理他;他想传球,又没有人接球。玩着玩着,他自己也感到没趣极了。

这时,点点走过来,说:"布布,我们一块儿玩球吧。"

林林和亮亮也走过来,说:"我们是好朋友,一起玩皮球,一定很有趣。"

布布红着脸,说:"我们玩蓝皮球,也玩红皮球吧。"

大家高兴得欢呼起来。

红皮球,圆溜溜;蓝皮球,溜溜圆。四个好朋友,手拉手儿做游戏,心里真欢喜!

文/陈龙银

友谊之花最美

布布有个很好看的红皮球,当朋友想要和他一起玩皮球时,他却舍不得和朋友一起分享她那好看的皮球,最后自己玩着玩着就觉得没趣了。这个故事让我们懂得了要学会和朋友分享快乐,有了朋友就不会感到孤单,因为有时候朋友也会分担你的孤单。

很小的时候,我们都会常唱《找朋友》这首歌:"找啊找,找朋友,找到一个好朋友,敬个礼啊,握握手,你是我的好朋友。"所以我们也要学会多找些朋友,朋友可以陪你玩,陪你学习,陪你解决难题,有朋友你就不会感到孤单,好的朋友会是人生最宝贵的财富。

赏析/肖诗雅

小花狗失踪

别只是让妈妈爱着我们,我们更要学会
去爱妈妈。

方方得到这只小花狗,真可以说是"因祸得福"。

本来是妈妈惩罚方方:因为方方连续好几天没有按时回家,他放学后总是去逛商店,或者逛公园,逛得很晚才回家。妈妈就惩罚他,限制他的行动,星期天不许他出门。方方当然不是省油的灯,他就缠着妈妈大吵大闹:"妈妈是法西斯,妈妈侵犯我的人权!不过妈妈一定要把我关在房间里的话,你就弄只小花狗来陪陪我!"

大概是为了拴住方方的心,妈妈真的弄来了一只小花狗。

方方就这么"因祸得福"得到了一只小花狗。

这是一只又聪明又漂亮的小花狗,你叫它点三下头它绝不会点两下;你叫它喊两声它绝不会喊三声;你把臭袜子藏起来,叫它去找,它不一会儿就能把臭袜子衔回来。方方为此高兴得眉开眼笑,连连在心里感谢着上帝。

当然,方方高兴倒并不是单单因为有了小花狗,更主要的还是,他又找到了溜出去玩的借口:"妈妈,小花狗刚吃完饭,我带它出去遛遛吧?"

方方做出很真诚很殷勤的样子,妈妈无可奈何不得不答应。

这天,方方牵着小花狗又去"遛遛",一遛遛到了公园里。看着电马房里那些电马奔腾着跳跃着，骑在电马上的小朋友一个个神采飞扬喜笑颜开,方方的心里顿时痒痒起来。他顺势把小花狗拴在一根木柱上,自己也欢天喜地地走进了电马房。方方最喜欢骑电马,他痛痛快快地骑了好一阵才依依不舍地从电马房出来。本来,他可以一本正经地牵着小花狗像没事一样回家的,问题是,他的小花狗,连同拴小花狗的那根木柱,统统不见了踪影!

"老爷爷,看见我的小花狗了吗？"方方问电马房的服务员。

"看见了。"老爷爷点点头说,"但已经走了。"

"怎么会走呢,我拴紧在木柱上的。喏,就在这儿,本来这儿有根红色木柱的。"

"红色木柱？"老爷爷瞪大眼睛看了看方方,突然捧着肚子哈哈大笑起来,一边笑一边还打趣说:"那根红色木柱嘛,也走了呀！"

方方有点不开心了:"木柱插在地里的,怎么会走了呢？"

"你这孩子呀,真是个马大哈！"老爷爷摇了摇头说,"你怎么就不看清楚呢,那是一根流动玩具摊的木柱呀！流动玩具摊走了,它当然也走了嘛！"

方方一拍脑门,恍然大悟。

方方开始焦急起来,他大声喊:"小花,小花快回来！"可小花一直没回来。

方方想去找小花狗, 但又不敢离开, 生怕小花狗回来又找不到他。方方只得坐在电马房外的长条椅上等。方方焦急地等着,心里一直在担心:小花到底去哪儿了呢？小花会不会跟别人走了呢？小花会不会被车撞了呢？如果小花钻进了老虎笼子,那就更糟了……突然,看到远处有条小尾巴在摇动,方方连忙叫唤:"小花,小花。"但跑过来的却是另一只狗。

方方觉得没希望了,眼泪"哗哗"地流下来。

一位叔叔告诉他:"我看见饮食店门口好像有只狗,不知道是不是你的小花。"

方方拼命跑到饮食店一看,心里一块石头总算落地——

原来,在饮食店门口摇着尾巴优哉游哉觅食的那条狗,果然就是小花!

这天晚上,妈妈对方方说:"如果小花狗丢了,那就太可惜了。"

方方想了想,说:"我还懂得,当我没有按时回家的时候,妈妈会是一种什么心情。"

文/刘保法

世上只有妈妈好

我们每个孩子都是妈妈心头上的宝贝,含在嘴里怕化了,捧在手上怕摔了。可是我们有没有体会并且珍惜过妈妈的爱呢?方方丢失了心爱的小狗,火烧眉头,因为他喜爱着小狗。同样的,如果妈妈丢失了孩子,更会心急如焚,因为妈妈对孩子的爱更深更广更重!

我们出生第一眼见到的是妈妈的脸,说的第一句话是妈妈教的,吃饭穿衣都是妈妈操办的……我们开心的时候想找妈妈,难过的时候还是想找妈妈……妈妈是世界最温暖的天空。

所以,别只是让妈妈爱着我们,我们更要学会去爱妈妈。

赏析/林紫珍

"首席执行官"

宽容和理解是一种气度，也是一种美德。

豆豆的爸爸下岗了，豆豆妈耷拉着脑袋，看都不看爸爸一眼。豆豆不敢像往日那样说说笑笑，连电视都不敢开。天无绝人之路。第二天，豆豆爸在一家公司找到了工作。他西装革履回到家，粗脖大嗓地喊："豆豆妈，我找到工作了，在蓝天有限公司！"

豆豆妈喜出望外："老公，你这么快就找到工作啦？你真棒哎，做什么工作？"

"工作不好，当'首席执行官'！"豆豆的爸爸说。

豆豆乐了，喊道："爸爸真伟大，'首席执行官'是很大的官吧！"

"老公什么时候学会谦虚啦？头一天上班就当'首席执行官'，还嫌不好！"豆豆妈乐不可支地说，"你还想干什么呀？"

豆豆爸说："这有什么呀？我们那儿三班倒，谁在班上谁是'首席执行官'。"

豆豆妈点着老公的鼻子说："那叫轮流执政，你们公司还挺民主呀！"

第二天，豆豆爸上班去了，豆豆妈和豆豆都想看看豆豆爸坐在老板桌前神气的样子，他们怕人发现，化了妆，悄悄来到蓝天有限公司门口，想溜进去。

穿着制服戴大墨镜的门卫看得很紧，混不进去。老天作美，门卫扭头接电话去了。

豆豆妈和豆豆"吱溜"一下混进了门。门卫一扭头，发现了他们，大喝一声："站住！干什么的？"

"爸爸！"豆豆惊讶地喊起来，"这个门卫是爸爸！"

豆豆爸也认出了豆豆妈和豆豆："你们……来干什么呀？"

"来干什么？来看看你这个'首席执行官'上班有多体面！"豆豆妈失望地说，"原来你这个'首席执行官'不过是个门官呀。"

豆豆爸嗫嚅地说："没骗你们，三个门卫约定，谁值班就叫谁'首席执行官'，这叫苦中作乐。"

豆豆妈和豆豆走了。豆豆爸酸涩的双眼望着豆豆妈和豆豆的身影，一言不发……

文/许延风

学会宽容，学会理解

　　读了这个故事，我不得不感叹：可怜天下爸爸心！故事中，为人夫为人父的豆豆爸下岗后为了不使家人的正常生活受到更大的影响，就暂时找了份门卫的工作，并以苦中作乐的态度把那份不是很好的工作美其名曰"首席执行官"。后来，这件事被豆豆妈和豆豆发现：原来他不过是个门官！她们失望而去。留给豆豆爸无尽的酸涩、愧疚与无奈。

　　这故事让我们看到一颗伟大的、无私奉献的心，从中我们可以真切感受到一个父亲对家人浓浓的情、浓浓的爱。其实，如果你是一个有心人，就不难发现这其实只是一个"善意的谎言"，而不是真正的欺骗。如果家人能给予足够的宽容和理解，也就不会造成故事结局的尴尬和不愉快了。宽容和理解是一种气度，也是一种美德。生活中，很多时候需要我们的宽容和理解。

赏析/许锡龙

178

感动小学生的100个故事·精华版

爱打洞洞的老爷爷

他们太热爱自己的工作了,所以才会犯这样可笑又可爱的小错误。

老爷爷原来是火车站的检票员,咔嚓、咔嚓,每天他都要在乘客的车票上打洞洞,整天乐呵呵的。现在老爷爷退休了,再也没有车票让他打洞洞了,他整天拉长了脸不理人。

老奶奶爱种花,院子里种满了各种鲜花。一天早晨,老奶奶提着水壶去浇花。老爷爷在院子里,看见老奶奶来了,转身就出门去了。老奶奶有点儿奇怪:"这老头子,怎么见了我就躲呀?"

老奶奶开始浇花,发现好多叶子上有一个个的小洞洞,这些小洞洞都一样大小,排得很整齐。阳光透过叶子上的小洞洞,照在地上,成了一幅抽象画。

老奶奶可不喜欢抽象画,她就关心她的花:"昨天叶子上还没小洞洞,今天怎么冒出那么多来,不像虫子咬的呀,哪来的呢?"

老爷爷回来了,刚想往屋子里溜,被老奶奶一把抓住:"别走,快给我看看,这叶子上的小洞洞是怎么回事?"

老爷爷的脸突然涨得通红:"这,这是……"

"咚咚咚……"老爷爷的话还没说完,就听见好大的敲门声。

老奶奶开门一看,是位黑脸膛的伯伯,还挑着一筐蔬菜。

"你找谁呀?我们不认识你呀。"老奶奶问。

黑脸膛伯伯放下担子,指着老爷爷说:"我就找你,你在我的菜叶上打了那么多的洞洞,这些菜只能都卖给你了。"

老奶奶一看,菜叶上果然都是洞洞。

"这些都是你干的?"老奶奶生气地问。老爷爷点点头:"老太婆,快拿钱出来吧。"

他们家的钱都是老奶奶管的,老奶奶边掏钱边嘀咕:"这么一筐菜,我们吃到什么时候呀?"

黑脸膛伯伯刚走,又来了卖手绢的大婶:"哎,我这手绢让你打了洞洞,只能卖给你了。"

老奶奶瞪了老爷爷一眼,不再问什么,赶快付钱。

卖手绢的大婶还没走,又来了卖图片的姑娘,手里抱着一叠有洞洞的图片。

老奶奶边付钱边道歉:"对不起,给你们添麻烦了。"

等他们都走了,老奶奶摸着瘪瘪的钱包,望着一筐蔬菜、一堆手绢和一叠图片直叹气。

"你怎么回事呀,你就那么喜欢打洞洞呀?"老奶奶埋怨道,"你在花叶上打洞洞也就得了,还跑到外面去捣蛋。"　。

"我,我……"老爷爷知道自己闯祸了,头低得不能再低了,"原来我每天在车票上打洞洞,现在不让我打洞洞我很难受……"

"拿来!"老奶奶伸出了右手。

"什么?"老爷爷装糊涂。

"你的打洞洞的检票夹。"

"不给,不给。"老爷爷紧紧捂住了自己的口袋:"这是我的命根子,谁也不给!"

老奶奶知道老爷爷很顽固,就不勉强他了。不过,老奶奶下了命令:"以后只准在家里打洞洞,不准在外面打洞洞。"

"好的,好的!"老爷爷很高兴,只要能让他打洞洞,在哪里他倒无所谓。

以后,老爷爷只在家里打洞洞。瞧,老爷爷的家里:桌布上有洞洞,窗帘上有洞洞,床单上有洞洞,报纸上有洞洞,台历上有洞洞,叶子上有洞洞,墙上挂着漂亮的洞洞装饰画。老爷爷穿着满是洞洞眼的汗衫说:"这样凉快!"就连皮鞋上,老爷爷也打了洞洞,他对老奶奶说:"夏天你不用给我买凉鞋了。"

后来,邻居们都把自己家的桌布、窗帘、衣服拿来请老爷爷帮着打洞洞。

现在,老爷爷又整天乐呵呵地忙个不停了。

文/苏 梅

因为热爱,所以执著

看了故事你是不是也觉得这个老爷爷很可爱啊?其实在我们的生活中,在我们身边,有一种病,叫做"职业病",不过它可不是真正的病哦。就比如说我吧,做播音员久了,有时候听别人说普通话不是很标准就会忍不住要提醒人家。虽然这些行为有点儿怪,不过我们可千万要原谅这些可爱的人们,实在是因为他们太热爱自己的工作了,所以才会犯这样可笑又可爱的小错误。

如果有一天你忍不住背诵出一篇诗歌,或者常哼唱出一支歌曲,那么恭喜你,你真正地用心了,真正用心去热爱你的生活了!

赏析/谢 诣

用哭保护了小鸟

除了小鸟，还有花草树木，大自然所有
的一切，我们都应该小心爱护。

一天，灵灵一个人在树林里玩儿。

一位叔叔手握猎枪走过来。他边走边抬起头，四处张望。正当这位叔叔停下来，举起枪，向树上的一只小鸟瞄准时，只听"哇——"的一声，灵灵突然哭了起来。

"你这小家伙，哭什么哭，把鸟都吓走了！"叔叔很生气地向灵灵瞪眼睛。

叔叔说完，又举起猎枪，向另一只小鸟瞄准。

"哇——！"灵灵又哭了起来，比刚才的声音还大。小鸟又飞走了。

"哎，这是谁家的小孩，怎么老跟着我哭啊？快滚！"叔叔有些愤怒了。

"叔叔，小鸟那么可爱，为什么要打它？"灵灵问。

叔叔没有理睬，向前走了几步，又准备打鸟。

"哇——！"灵灵再一次哭起来，把小鸟赶走。

"你再哭喊，我揍你！"叔叔举起手，要打灵灵。

可是，灵灵一点儿也不害怕。他走到叔叔跟前，很勇敢地说："叔叔，您要是再打鸟，我就跟着您哭！"

听了灵灵这句话，那位叔叔终于软了下来，有点儿不好意思。

"好吧,既然你这么喜欢小鸟,叔叔从此不打鸟了!"

"那,我们拉钩!"灵灵伸出小拇指。

灵灵和叔叔拉着钩,两个人都笑了。这一天,灵灵很开心,没想到自己用哭保护了小鸟。

文/胡祁人

爱护自然,从我做起

灵灵真是一个聪明的孩子!他看到叔叔在捕捉小鸟,就用"哭"这条妙计来"告诉"小鸟,这样小鸟就不会被打死了。灵灵说得很对,小鸟那么可爱,是我们的朋友,我们应该好好地去保护它们,而不是去伤害它们。同样,除了小鸟,还有花草树木,大自然所有的一切,我们都应该小心爱护。大自然美了,我们的生活也会更加美好的!

赏析/杨晓霞

网虫"孤独青云"

"孤独青云"知道爸爸妈妈发现他了,不仅没有理睬,而且很快下线走了。

陈剑失踪了!

妈妈不知所措,瘫坐在沙发上。中午,陈剑没有回家吃饭,最近他一直是这样。妈妈以为陈剑功课忙,也没在意,还特地给他零钱,让他在外面买饭。可是,到了晚上八九点钟,还不见陈剑回家。妈妈着急了,赶紧打电话到学校,值班老师却说,陈剑这一天都没去上课。妈妈在家仔细一查,发现家中的两千元钱也不见了!找遍了所有的亲戚和陈剑的同学家,也没有陈剑的影子。

陈剑性格非常孤僻,不喜欢和同学们交往。如果说,班上有三分之二的同学没跟他说过话,一点儿也不假。在家里,他对爸爸妈妈的问话,也像挤牙膏一样,问一句,答一句,更别说和爸爸妈妈沟通了。

可是,人总有喜怒哀乐,总得有倾诉和发泄的时候,陈剑当然也有他的一片情感天地。噢,对了!据同学们反映,陈剑最近好像迷恋上了网吧,他在网上的聊天室里和别人一聊就是好几个小时,有时竟连课也不上。他给自己取的网名叫"孤独青云",是个地地道道的"网虫"。看来,他把一切都倾诉在这个虚拟的空间里了!

爸爸妈妈立刻找遍全市所有的网吧。然而,仍然没能找到陈剑。他们只好来到公安局,向计算机安全监察科报案。

接待陈剑父母的是一位姓白的警察。白警察耐心地听了陈剑父母的陈述后,立刻走到电脑前,一边打开电脑,连上因特网,一边对陈剑的父母说:"他一定会在网上出现!"

白警察在网上查寻"孤独青云",可是,并没有发现陈剑。陈剑的妈妈哭了。

"求求你,一定要帮我们找到孩子啊!"陈剑的爸爸拉着白警察的手恳求道。

"我们会尽力的。"白警察很坚决地说,"虽然陈剑现在不在线上,不过,既然他这么痴迷上网聊天,就一定会出现!"

陈剑的爸爸妈妈和白警察一道守候在电脑前。从发现陈剑失踪到现在,不过几个小时,可是,陈剑的爸爸妈妈一下憔悴了许多,精神上受到了很大的打击。为了儿子,他们付出的太多太多……

夜里十二点钟,"孤独青云"终于在网上露面了。白警察立刻以网友的身份加入其中,和"孤独青云"说话。陈剑的爸爸妈妈也一眼不眨地紧盯着屏幕。

"你好,孤独青云!"白警察快速在键盘上敲了一句话,可是,"孤独青云"只顾和别人说话,没有理睬。

"喂!能告诉我你现在在哪儿吗?"白警察又问道。可是,"孤独青云"依然没有理睬,继续和别的网友聊天。

白警察又让陈剑的爸爸说话。

"陈剑,我是爸爸。你赶快回家吧……"

"孤独青云"知道爸爸妈妈发现他了,不仅没有理睬,而且很快下线走了。

发现了儿子,却又消失了。妈妈更加伤心。

"你们先回家,我在这里守着,估计他暂时不会再上网的。"白警察对陈剑爸爸妈妈说。于是,爸爸只好扶着妈妈,失望地回到家里。他们一晚都没睡觉。

第二天一大早,爸爸妈妈又赶到了公安局。白警察依旧毫不放松地守在电脑前。

一小时过去了,又一小时过去了……"孤独青云"还是没有再出现。

下午三点钟,白警察眼前突然一亮,好!"孤独青云"终于又上网了。

"陈剑,我是警察!你爸爸妈妈就在我身边。"白警察单刀直入。

"警察?我又没犯罪!……"陈剑终于回话了。

"你知道吗?自从你出走以后,你的爸爸和妈妈痛不欲生,他们已经报案了。你务必赶快回家!……"白警察一边向"孤独青云"讲事情的严重性,一边通过技术手段,很快查到了陈剑所在网吧的地址。

于是,白警察立刻与陈剑的爸爸妈妈一道,快速地赶到网吧。

爸爸妈妈突然出现在眼前,陈剑惊呆了。

"陈剑,你知道这样做的后果吗?"白警察教育陈剑说,"你这样不仅耽误了学习,而且给你的家人带来痛苦。甚至,还可能导致违法犯罪!"

到现在,这位"孤独青云"终于醒悟过来了。

爸爸紧紧拉着白警察的手,连声说:"谢谢!谢谢!"

"我可不希望你再失踪哦!"白警察再一次提醒陈剑。

"您放心,我以后再也不会了!"陈剑不好意思地说。

和白警察道别以后，爸爸妈妈领着陈剑——这位自称"孤独青云"的网虫，高高兴兴地回家了。

文/胡祁人

拒绝做"网虫"

现在，上网已经不是一件新鲜事了，我们可以上网，但是千万不要像"网虫"陈剑那样，为了上网就不去上课，甚至不回家，这样既耽误了自己的学习，又给父母带来了痛苦。父母辛辛苦苦地供我们读书，就希望我们以后成为一个有用的人，如果我们为了上网荒废了学业，又怎能对得起父母呢？

赏析/杨晓霞

采 桑 叶

这个故事告诉我们，只要动脑筋就一定会想到解决问题的方法。

涛涛在大纸盒里养了好多蚕宝宝，一条条白白的蚕宝宝仰着头，多可爱啊！吉吉和小玲天天来涛涛家，喂蚕宝宝吃桑叶。今天，涛涛对他俩说："真急人，蚕宝宝的桑叶快吃光了，可我姑姑还没送桑叶来。"

涛涛的姑姑住在郊区农村，她家是养蚕户，涛涛的蚕宝宝就是她送的。姑姑常常骑自行车来市区买东西,还给涛涛的蚕宝宝送来一包嫩桑叶。

吉吉和小玲看着大纸盒里的蚕宝宝,正在抢着吃几片桑叶,沙沙沙沙!吃得真快。他俩也很着急,吉吉对涛涛说:"快给你姑姑打个电话吧。"

涛涛说:"我已经打过好几回了,她家里没人接电话。"

吉吉想了想,说:"我听说那边研究所里,有一棵大桑树呢!"

"是吗?"涛涛一听乐了,连忙说,"你快带我去采桑叶吧。"

小玲也很高兴,说:"我也去!"

吉吉领着涛涛和小玲来到了研究所的篱笆前。涛涛朝篱笆里一看,真有一棵大桑树,长满了嫩绿的叶子,被风儿吹得沙沙地响。吉吉找到一个篱笆洞,朝涛涛招了招手,就趴下身钻了进去。涛涛正要往里钻,突然听见里面响起了狗叫声:汪汪! 汪汪汪!

"快逃,快逃!"吉吉慌慌忙忙钻了出来,撒腿就跑。涛涛吓得脸都发白了,跟着吉吉飞快地跑呀跑。他俩跑出很远,才发现小玲不见了。

"小玲,小玲!"他俩一起大声喊,没见回答。

吉吉说:"她一定吓得逃回家去了。"

忽然,涛涛伸手朝前一指:"你看,那不是小玲来了?"

小玲手里捧着好多桑叶,正从研究所的大门里走出来。涛涛和吉吉迎上前去。等小玲走近了,吉吉忙问:"咦,你是怎么采到这么多桑叶的?"

小玲得意地笑笑说:"我对大门口的老伯伯说,我的蚕宝宝快饿死了,说着我就哭了。老伯伯就帮我去采桑叶了。"

"啊哈,你是假哭呀!"吉吉说,"我还以为是什么好办法呢。"

"不,是真哭!"小玲急了,"不信,你去大门口问问老伯伯。"

涛涛看到小玲的眼圈红红的,脸上还挂着泪痕呢,他从裤袋里掏出手帕,轻轻地给她擦脸,说:"你的办法真好! 这下,蚕宝宝不会饿肚子了。"

小玲把桑叶给了涛涛,又说:"现在我认识研究所大门口的老伯伯了,下回我不哭,他也会帮我采桑叶的。"

这话是真的,连吉吉也不得不信。

文/野 军

多动脑筋

这个故事告诉我们，只要动脑筋就一定会想到解决问题的方法。就像故事里的小玲，她知道自己根本就没有办法采到桑叶，于是去找守门的老伯伯帮忙，不仅这一次采到了桑叶，以后也不怕采不到桑叶了！所以啊，我们也要像小玲那样，遇到困难的时候就应该多动脑筋，寻找解决的方法，必要的时候寻求别人的帮助。就比如做数学题那样，自己解不出来，可以找老师和同学们帮忙，这样问题就解决了！

赏析/杨晓霞

叶儿，叶儿，快快落

用一颗真诚的心对待他人，帮助他人，
哪怕开始的时候可能得不到别人的认可，但
它会经受得住考验，最终为人所知。

秋天，风呼呼地吹。金色的叶儿像小船，荡呀荡呀，最后落到地上。

院里的王大爷每天早上都在院内扫呀扫。叶儿呢，就像一群调皮的孩子，王大爷扫帚一过，它们又悄悄地落到地上。

"唉……"王大爷捶着发酸的腰。

"王大爷，我来帮您。"楠楠从家里拿出一把大笤帚。

"哟,小祖宗,只要你甭在院里乱甩,就是帮了我的大忙。"王大爷最怕楠楠这位"小祖宗"。因为他总带领一帮"毛猴子",在院里"大闹天宫",院子被弄得脏极了。

"不,我偏要。"楠楠的犟牛劲冒上来。

"好祖宗,小祖宗,回家吧。"王大爷连哄带拖地把楠楠弄到房里。楠楠不高兴,把小嘴撅得高高的,像个猪八戒。

晚上。风住了。王大爷正坐在沙发上喝酒,忽然,听见"哗啦啦,哗啦啦"的声音。咦,又起大风了,王大爷忙起身关窗户。怪呀,窗户上的风钩没挂上,怎么没见窗子撞得响?王大爷探头一瞧,原来是楠楠握着一根长长的竹竿,正在打树叶,嘴里还不停地说:"叶儿,叶儿,快快落。"树叶已在楠楠的脚下铺得有寸把厚。

"小祖宗,你这是干啥!"王大爷扯着大嗓门喊。

喊声惊动了院子里所有的居民。"你看这孩子,早上他要扫院子,我没让,晚上就这样变法子害人。"王大爷拉着楠楠的爸妈说。

"你!"楠楠爸举起扇子似的巴掌。

"你!"楠楠妈抢过楠楠手中的竹竿。

"我……是帮大爷,呜……"

还是奶奶疼孙子。奶奶蹲下身子,心平气和地问:"楠楠,你把叶子打得满地,明天王大爷多难扫呀!"

"嗯,我想让树叶快快落下来,一次扫掉,明天王大爷就不会把腰弯疼了。"楠楠眼里噙着泪水,好委屈,好委屈。

"哦,原来是这样。"院子里的人都张大嘴,王大爷的嘴角也抽动了几下:"都怪大爷不好,楠楠比大爷乖。来!大爷和你一起扫。"

说完,楠楠和王大爷一起扫了起来。

文/伍　剑

真诚是经得起考验的

　　从楠楠的言行中,我看到了一颗真诚的心。他想帮王大爷扫树叶,大爷不让,然后他就打树叶,因为他想让大爷一次扫掉叶子。本来他是真心诚恳地、想方设法地帮大爷，可是却被大人们误会了。当人们明白了楠楠的真正用意后，都被他所感动了。

真诚，让楠楠最终获取了别人的信任，得到了别人的谅解。我们也要像他那样，用一颗真诚的心对待他人，帮助他人，哪怕开始的时候可能得不到别人的认可，但它会经受得住考验，最终为人所知。

赏析/陈艳芳

晶晶和点点

只有真正认识到自己的短处，虚心向别人学习，这样才会有将自己的短处变为长处的可能，才能慢慢将自己培养成多才多艺的人。

晶晶是个聪明的孩子。

语文课上，老师让大家讲一讲《小马过河》的故事。晶晶讲得很流利，而且很生动，老师表扬了她。

轮到点点讲的时候，点点低着头，结结巴巴，别人根本听不懂她在说什么。晶晶见了，拍着手，哈哈笑，还小声说："真笨！"点点听见了，很生气。

美术课上，老师让大家画一幅画，晶晶画得很好，老师表扬了她，还把她的画给大家展示了一番。而点点画了好半天也没有画好，老师当然没有表扬她。

下课了，晶晶走过来，拿着自己的画在点点面前晃了晃，还说："我的画儿多漂亮！你的画儿真不像样！"点点看着，心里很难过。

数学课上，老师出了一道应用题："水里有二十三只鸭子，不一会儿有十七只上了岸，过了一会儿又有八只下了水，问：是水里的鸭子多还是岸上的鸭子多？多几只？"

点点很快就列出式子，做好了。老师表扬她做得又快又准确。而晶晶呢，想了好半天，急得满头大汗，也没有做出来。

点点看见了，主动走过去，说："晶晶，我来帮你吧。"

晶晶看了看点点，低下头，没有说话。

点点坐了下来，把自己怎么想的、怎么做的说给晶晶听。晶晶终于弄明白了，完成了题目。老师也表扬了晶晶。

第二天一大早，晶晶来到点点面前，不好意思地说："以前我很骄傲，自以为了不起，什么都比别人强，还经常取笑你，是我错了。我以后不再骄傲，也不再取笑你了。让我们做个好朋友吧！"

点点听了，甜甜地笑了。她们手拉手，一块儿做起游戏。

文/晓　诚

正确看待自己的长处和短处

　　读完了这个小故事，我想起了《骆驼和羊》的故事，骆驼和羊都用自己的长处去嘲笑对方的短处，最后它们却分不出胜负。晶晶虽然很会讲故事，会画画，却不会解应用题，而点点的应用题解得又快又准确。其实每个人都有自己的长处和短处，很多人只看到自己的长处就骄傲自大起来，忽略了自己的短处，这会影响他们发现别人的优点。

　　只有真正认识到自己的短处，虚心向别人学习，这样才会有将自己的短处变为长处的可能，才能慢慢将自己培养成多才多艺的人。

如果某些短处是避免不了的,那也不要害怕,因为世界上没有十全十美的事物,只要不断地学习就能够有所进步。

赏析/肖诗雅

出卖时间的孩子

吃苦后再品尝甜味,你会觉得更甜,付出后再得到收获,你会更珍惜收获。

一个小孩去上学,他正焦急地等着公共汽车,踮起脚望了一次又一次,但是车总不来。这段时间真难熬啊!

"收多余的时间啰!有多余的时间拿来卖哟!"原来是个收破烂的白胡子老人在叫喊。只见他肩挑一担破箩筐,筐里装着几个白袋子。怪啦,收多余的时间,没听说过呀?

有人问:"这多余的时间怎么个收法呀?"

白胡子老人笑笑说:"按秒计算,收多少我就满足你多大的要求。而且,不高兴卖了还可以退!"

小孩心里一动,等车的时间不正是多余的么?于是,小孩喊道:"老爷爷,我把等车的时间卖给你!"

"好啊!"白胡子老人放下担子,说,"那么,你要求什么?"

"我要车来!"

白胡子老人弯着手指算了一下:"共计九百六十一秒,可以成

191

没有大人的夜晚·精华版

交。"于是,白胡子老人拿起一个白袋子,往小孩头上套了一下。果然,小孩睁眼一看,车来了!

这时,人们一窝蜂地往车上挤。

"多么神奇的老人!"小孩却没有上车,他的脑子飞快地转开了,"乘车的时间不也是多余的么?"

想着,小孩又对白胡子老人说:"乘车的时间我也卖,我要求到学校。"

"好哩!"白胡子老人忙解开扎紧的袋子,并且笑眯眯地说,"孩子,如果你还有多余的时间,就对着窗口叫一声'卖时间啰',我准会到的。"

一转眼,小孩到了学校。

不费任何力气就能达到目的,付出的只不过是些多余的时间,小孩尝到了甜头。上课了,听着听着,小孩不耐烦了,心想:"上课是为了今后上大学,那么,小学、中学都是多余的,何不卖掉呢?"

小孩对着窗口轻轻地喊:"卖时间啰!"

果然,白胡子老人探头探脑地出现在窗口了。

小孩对老师撒了个谎,出了教室。就这样,小孩把小学、中学的时间全卖掉了,一眨眼,小孩变成了一个小伙子,而且是个有知识的大学生呢!

大学生坐在大学宽敞明亮的教室里,又想开了:"读大学是为了工作,为了事业,为了生活,我为什么不卖掉这些多余的时间,做个受人尊敬的科学家呢?"

于是,大学生立刻成了国家研究所里一位中年科学家了!

科学家在研究室里,面对着各种仪器、药品搞实验。一会儿,他又不耐烦了,心想:"辛辛苦苦地工作,为的是出成果,那么,我干脆用工作的时间换取成功吧!"

于是,他换来了渊博的知识、不朽的著作和崇高的声望,他成了世界科技界的泰山北斗!

但是,这位老科学家已是老态龙钟:不能工作、不能学习,甚至不能自理生活了。他整日躺在病榻上,享受着荣誉、赞美、崇拜……终于,死神来到了他的床前,冷峻地说:"你的时间耗尽了,你的生命到了尽头，跟我走吧！"

"不！"他大吃一惊，回想起这一生，他只记得小学时的一段生活，以后的一切好像白纸一张，什么痕迹都没有，那正是被卖掉了的"多余的时间"啊！他绝望地叫着："我的时间……"

"别磨磨蹭蹭！"死神的话冷得像块冰，"走吧，我不喜欢动手动脚！"

"不！"他痛苦地呻吟着。他感到自己的灵魂正渐渐地离开肉体，要飞腾而去了！猛然，他记起了那位白胡子老人，于是，对着窗口大喊："卖时间啰！"

死神一怔："难道你还有时间？"

这时，白胡子老人来了，仍然是那和颜悦色的样子。

"时间老头？"死神后退一步，如临大敌。

原来白胡子老人是时间老人！老科学家用尽所有的力气，叫出一声："时间老人救我！把我的时间给我……"

死神叫道："时间老头，这人时间用完了，该我管啦，你不许插手！"

时间老人笑着，拿出一只鼓鼓的大袋子，对死神说："这些时间全是他的，怎能说他的时间用完了呢？"说着，在死神面前一晃。

死神慌忙后退两步，说："这，这……好吧，我以后再来找他算账。"死神悻悻地走了。

老科学家回过气来。

时间老人说："你要想清楚，我给你的一切，可都要还给我！"

"我愿意！"

"好吧，退货！"时间老人纵声大笑，把大袋子交给他，"共计189.23675462亿秒，你点点数吧！"

"不用不用！"他迫不及待地拿起白袋子套在自己头上。于是，他又成了小孩。他一个劲地向时间老人道谢。

时间老人收起自己的东西，然后，捋着长长的白胡子，语重心长地说道："孩子，你要记住，人一生的时间是有限的。而且，大多数时间在奋斗、追求，只有极少量时间才是成功与享受……用于奋斗、追求的时间并非多余，而是一种真正有意义的生活！"

小孩点点头："我记住了。"

于是,小孩仍然站在街边等着公共汽车。然而,小孩再也不觉得等车的时间多余了,这时候背一段课文,或者看一篇故事,或者观察一个景物……不都是挺有趣的吗?为什么要把这点时间从生命中抹去呢?正想着,车来了。

文/皮朝晖

享受过程中的美好

看了上面的故事,我想起了我的两次登山经历。第一次登山,我是自己走上去的,那座山很高,走到半山腰的时候,我很累,很累,但我没有放弃;到快接近山顶的时候,我的心情越来越舒畅;当我登上山顶的时候,我极目远眺,大地在我脚下的感觉使我很自豪。第二次登山,我是乘登山缆车上去的,过程很轻松,一下子就到了,但是当我登上山顶时,我觉得毫无乐趣,很快就想下山了。

人生也像登山,最重要的不是目的,而是一个过程,在登山的过程中,我们会付出很多努力,会浪费很多时间,会觉得很苦,但当我们登上山顶时却会觉得很自豪。吃苦后再品尝甜味,你会觉得更甜,付出后再得到收获,你会更珍惜收获。人生是一个过程,不要急于得到结果,只要你细细品味,你会发现过程的美好!

赏析/李盛欢

第八辑　享受生命的春光

　　我们一直都在面临选择，左边的小溪还是右边的河流？路边的小花还是树叶上的露珠？往往一个踟蹰一个犹豫，左右为难，无法在美丽与漂亮之间选择。我们拥有了清澈，可能会失去速度，拥有了美丽，可能会少了洒脱。于是，最最漂亮的选择，是细水长流地接触目标，美丽与洒脱各得其所。不管结果是明媚的春天还是激情澎湃的盛夏，不管是高贵的徐行还是黝黑的健康，它总会在某一天悄悄地来到我们的身边。

左手繁花似锦
右手清流和风
不变的是生命的春光
如树叶上的露珠般明亮清澈
映照着我们每天崭新的笑容

一个团伙的解散

当我们看到布莱特把恃强凌弱的比尔
打倒了，我们都会为他感到高兴，为他鼓掌，
同时还为他的一身正气所折服。

　　加里与新来的同班同学布莱特一起走在运动场上，布莱特是不久前才随父母从欧洲移居美国的。

　　比尔与一伙男孩朝加里和布莱特迎面走来，比尔面露阴笑，与那几个伙伴互相使了使眼色。他们走到布莱特面前，比尔说："你这个女孩子气的家伙，你妈妈知道你出来玩吗？"比尔的同伙狂笑起来。加里大声说："走开！别惹布莱特！"

　　比尔怒视加里，与同伙离去。他们知道，有加里在，还是不惹布莱特为好。因为加里可以同时打败他们当中的任何两个人，加里是他们这帮人的头。

　　"他们欺负你是因为你穿的衣服。"加里告诉布莱特，"你的裤子和长到膝盖上的袜子看起来几乎像我两岁弟弟穿的那种，还因为你说话的腔调那伙人不喜欢。你可不可以穿其他男孩通常穿的衣服？"

　　"不！"布莱特回答说，"我没有别的衣服。妈妈说我的衣服很好，而且我家没有钱买美国式衣服。另外，我英语是在我自己国家的学校里学的，可这里的人讲英语的腔调与我学的不一样。"

　　加里知道布莱特难以改变自己的着装和讲英语的腔调，心里想：

"布莱特为什么遭人嘲笑的时候不生气,就好像没事一样。或许他从来没有学过怎样与人搏斗。"加里心里担忧,他那些伙伴不会容纳布莱特,他们迟早会欺负他的。

这天下午,加里和伙伴们去打篮球,当走到一块空地的时候,加里发现布莱特手里提着一大袋食品朝他们迎面走来。

布莱特似乎没有看见他们,但他们看见布莱特了。比尔和其他男孩警告加里别插手,不然,就不让他做团伙的头。布莱特从人行道上下来,比尔跟着,突然上前用肩使劲撞布莱特。布莱特的食品袋被撞落在地上,拌色拉的调味汁和鸡蛋散落一地。

布莱特低头看着散落的食品,然后盯着比尔。其他男孩围过来,对着布莱特大笑。

"你们为什么这么做?"布莱特沉着地问,"美国的食品昂贵,就这么浪费了真让我家承受不了!"

"是吗?那么你想怎么样呢?女孩子气的家伙!"比尔傲慢地问。

"你必须赔偿!"布莱特说。

"哈哈,瞧他。"比尔和其他男孩狂笑起来。

比尔和布莱特对视了一阵,突然,布莱特一把抓住比尔,那动作像一道闪电。比尔一拳打在布莱特的下巴上,还没等其他男孩反应过来,布莱特迅猛地回击了比尔,比尔躺倒在地上。

比尔慢慢爬起来,向布莱特扑过去。另一个男孩——丹从布莱特身后冲上来,企图抓住布莱特的手臂。可布莱特一转身给了丹两拳,紧接着,布莱特又闪电似的拳击比尔。比尔和丹躺倒在地上,其他男孩在旁边目瞪口呆。

"谁还想上来较量?"布莱特面对其他男孩问,"我一直在尽力避免与班上同学打架,可是你们就是要逼我自卫!"

"你可以成为我们团伙中的一员。"一个男孩对布莱特说,"我们不再因你的着装和腔调而看不起你。伙计,你是强者!"

"我不想加入任何团伙。"布莱特说,"学生怎么可以拉帮结派,违法乱纪?你们不好好学习,却恃强凌弱,终会受到法律和纪律的制裁。"

"现在,我要比尔赔偿我的鸡蛋和拌色拉的调味汁。"

布莱特转向比尔,问:"你打算赔偿吗?"

"我明天赔。"比尔挣扎着站起来。

"很好。"布莱特说,"你明天给我钱。现在你捡起那袋食品,递给我。"

比尔将地上的食品收集起来,小心翼翼地递给布莱特。

"谢谢。"布莱特说着转过身,站在一旁的男孩们让开路让他离去。

"伙计们。"加里说,"我不再是你们的头。我们是同班同学,不能成为寻衅斗殴的团伙,大家应该成为好朋友。"

"我们是朋友!我们不再是寻衅斗殴的团伙!"男孩们齐声回答。

文/[美]艾德·威切斯

正义的力量

当我们看到布莱特把恃强凌弱的比尔打倒了,我们都会为他感到高兴,为他鼓掌,同时还为他的一身正气所折服。布莱特不仅惩罚了比尔,还使一个寻衅斗殴的团伙自此解散了,让我们都深切地感受到了正义的巨大力量。

在故事中,加里受布莱特的启发,说出了正义的声音"大家都应该成为好朋友","不能成为寻衅斗殴的团伙"。于是,团伙就此解散了。这一点,与其说是加里作为原来团伙的头的威力体现,不如说这是正义的力量,赋予了加里一身凛然正气,让其他伙伴不得不为之折服。联想到我们的生活,不单社会上的人们拉帮结派,就连神圣校园中的学生也都有排斥异己的不良现象。这些帮派、团伙都是社会的毒草,都或多或少地给我们的生活造成危害,因而我们都有责任对其进行坚决抵制。所谓"邪不胜正",就像妖魔鬼怪敌不过孙悟空的金箍棒一样,无论那些帮派、团伙有多么的强大,终究是招架不住正义的打击的。胜利永远属于正义,这便是正义的力量。

赏析/赵 若

二十五美分的价值

能让最微小的东西发光发热，那便是爱的价值所在。

在美国内华达州沙漠的中央，有个叫麦尔宾·达玛的年轻人正在公路上驾驶着他新买的法拉利汽车兜风。这时候，他看到公路上有位衣衫褴褛的老人，可能是长途跋涉使得这位老人显得疲惫不堪，因此他走起路来非常的艰难。

麦尔宾·达玛将车停在了路边，走到老人身边问道："先生，您要到哪里去呀，我想我可以载您一程。"老人说："我要到拉斯维加斯去，年轻人。"到达目的地后，这个意气风发的年轻人看着老人一身破旧的打扮，把他当成了流浪汉，于是他在老人下车的时候，给了他二十五美分让他坐公交车。

老人很有礼貌地接过麦尔宾·达玛递过来的二十五美分的一个小硬币，同时对年轻人说："我很感谢你能把我送到目的地，也十分感谢你的二十五美分馈赠，可是在你要走的时候，还请你满足我一个小小的要求，可不可以给我一张你的名片呢，先生？"

麦尔宾·达玛掏出自己的名片给了这位老人，只见他拿着名片大声地对面前的年轻人说："我叫哈维德·修斯，总有一天我会报答你今天的善举的，年轻人。"麦尔宾·达玛并没有听说过哈维德·修斯这个名字，而且他很快就将这件小事忘得一干二净了。可谁知道几年以后，在美国的一个著名报纸上登出了这样一条新闻："亿万富豪哈维德·修斯逝世，他留下来的二十五亿美元的家产按照他遗嘱中的吩咐，将有十六分之一属于一个叫麦尔宾·达玛的年轻人。"

麦尔宾·达玛看到这条新闻后惊呆了，他怎么也不会想到，当年自己只不过付出了一个二十五美分的小硬币，却因此收到了老人一亿五千万美元的馈赠，虽然他从来未想得到任何的回报。

想一想，如果那个老人并不是亿万富翁，而只是流落街头的一个乞丐，那么年轻人的付出可能就得不到任何回报了，可是他的二十五美分在受助人的心里，绝对有着一亿五千万美元的价值。

文/陬　人

爱 的 价 值

二十五美分，是一个很微不足道的数目，然而将这个小小的数目，以爱的形式施与他人，那么它就成了他人眼中最最庞大的数字了。能让最微小的东西发光发热，那便是爱的价值所在。

年轻的麦尔宾·达玛对老人施与帮助和馈赠，仅仅是出于一片同情心，可老人却深深地铭记住了，并回赠了他巨额财产。那个二十五美分的小硬币，在麦尔宾·达玛爱心的倾注下，变成了价值一亿五千万美元的馈赠。由此可见，爱的价值是难以估量的。与此同时，那二十五美分的价值还告诉我们，不要总抱着希望得到回报的心态去对他人施与爱心，因为爱的价值往往就在于我们不期望回报的付出。

赏析/可　乐

最难的难题

成功者常常不是最具成功条件的人。先
天条件好的人往往都不怎么用心，不用心，
连最简单的问题也会成为难题。

我居住的大楼里都是些学富五车的老师。有一回，这里举办了
一次文娱活动。其中有一个节目是：看谁能出个最难的难题，难倒
所有的参与者(当然必须是有答案的，不能像哥德巴赫猜想那样解
不了)，出题者便可获得一份奖品。如果有人答出来了，奖品便归答
题的人。

上台出题的人一个个败下阵来，因为无论他们提的问题多难，总
有人能够答得出来。

轮到我了，我的问题是：从一楼到二楼的楼梯有几级台阶？

我的问题很简单，却难倒了所有在场的老师。

不过，我最后还是没有拿到那份奖品，因为有一个人准确地说出
了楼梯的数目，并且还额外地说出了第一个拐弯是几级，第二个拐弯
是几级。她获得了一份奖品。

她是一位老师的母亲，和其他人不同的是，她的眼睛瞎了。

人生很多事情与此相似：成功者常常不是最具成功条件的人。先
天条件好的人往往都不怎么用心，不用心，连最简单的问题也会成为
难题。

文/廖　钧

用心做事

　　"最难的难题",可以解释为最简单的问题可能是最难的问题,说它简单就是因为它是生活中经常耳闻目睹的;说它难,因为人们很少去关注它,更难了解它。进一步说,最难的难题通常也是最简单的问题,不过是一层窗户纸,能否捅破在于自己。

　　俗话说"人生处处皆学问",正如故事中所讲的,人生很多事情与此相似:成功者常常不是最具成功条件的人。先天条件好的人往往都不怎么用心,连最简单的问题也会成为难题。

赏析/陈　思

面对发怒的大象

　　　人类不仅可以和人做朋友,也可以和动物做朋友,虽然它们听不懂我们的语言,但我们可以用爱心和它们交流。

　　"大象发疯啦!快跑哇!"人们惊叫着就像炸了窝的野蜂,涌出马戏大棚,发疯地逃跑。

　　原来,一只正在表演的五岁雄象波波,突然用鼻子把演员卷起,甩向空中,接着朝观众冲过去……

波波冲向大街,霎时街上乱作一团。

大象波波在大街上横冲直撞,一连踩了三个人。惊恐万状的人们逃进商店,逃进地铁,逃进轿车飞快地逃去……

"快报警! 报警啊!"有人奔到电话厅,手哆嗦着拨通了110报警台。

转眼间,警车尖叫着开了过来。

"这下子可好啦!"人们躲在远处欢呼起来。

"开枪打死它! 打死它!"有人朝警察高声叫喊。

警察持枪围过来,正要瞄准开枪当儿……可是,他们被眼前的情景怔住了。

大象奔向被吓呆在马路当间的一个大约有十二三岁的女孩……

"琳琳! 我的琳琳!"女孩的妈妈在不远的人行道上朝大象这边挣扎着,失声喊着女儿的名字,但被两个人架住了胳膊。

大象冲到琳琳跟前,眨眼间她就会被踩成肉饼。所有能看到这个情景的人都屏住了呼吸,大街突然变得死静。

琳琳穿着淡绿色的连衣裙,裙子的下摆还印着椰树的图案。小姑娘手里拿着两支香蕉,一支刚刚剥开皮的香蕉。

"举枪——"警察听到命令,举起了长枪、短枪,黑洞洞的枪口一齐瞄准了大象。

"不要开枪! 不要开枪!"一位穿警督衔警服的人也许是怕伤到琳琳,急忙朝警察们摆手。

大象在琳琳跟前突然站住了,好像不知所措了。

琳琳呆愣了一会儿,反倒镇定下来。她对奔来的大象好像一丁点儿也不害怕了,伸手摸摸大象的鼻子,嘴里叫着:"波波! 波波!"并把一只香蕉塞到大象的嘴里。

大象喷了下鼻子,然后慢慢地咀嚼着那支香蕉。

琳琳轻轻地抚摸着大象的鼻子,轻轻地唱起了歌儿:"风儿静,月儿明,树叶遮窗棂呀! 小宝宝入梦中……"

"琳琳! 跑离开! 琳琳你快离开呀!"妈妈在远处有气无力地朝女儿喊着。

然而,琳琳没离开大象,反而把头依在大象的鼻子上,轻轻地唱着……

大象用鼻子把琳琳轻轻卷起来,琳琳的身子离开了地面。

"啊!"围观的人们心提到了嗓子眼儿,因为刚才那个马戏演员就是被大象用鼻子卷起来抛向半空的。

"啊!——"琳琳的妈妈尖叫一声,身子一软昏了过去。

"开枪吧!开枪吧!"一个年轻的警察紧张得身体打着哆嗦,请示着警长。

"镇定!镇定!没我的命令不许开枪!"警长双手往下压着,制止着警察们。

大象把琳琳卷起来,然后轻轻放到地上,松开了琳琳。

琳琳拍拍大象的鼻子,把手里那支香蕉再次塞到大象的嘴下。大象用鼻子把香蕉卷起来,在半空舞了舞,塞进嘴里甜甜地嚼着。

琳琳微微地笑了,再拍拍大象的鼻子,缓缓地走去。大象吃下香蕉,摇晃两下耳朵,就跟着琳琳走去,刚才那种疯狂无影无踪了,安静得就像小牛犊。

琳琳朝马戏团的大棚走,大象缓缓地跟在她身后。

"快离开它!"警长朝琳琳喊。

琳琳朝警长轻轻摆手,引着大象走进了马戏团大棚。

"收——枪!"警长终于下了命令。

四周静得让人窒息的空气好像一下子融化了,人们长长出了一口气。

琳琳把大象引到大棚里,把它引进了象笼。

妈妈被人搀扶着到女儿跟前,问:"琳琳,妈妈让你跑,你怎么像是没听见似的呢?多危险啊!"

琳琳静静地说:"妈妈,我们人类如果像朋友那样对待动物,动物就会像朋友似的对待我们人类。你看,我对大象好,大象就不会伤害我了。"

"噢!琳琳就是这样轻易地脱险了呀!"人们似乎明白了一个很重要的道理。

琳琳在就要被大象踩伤、踩死的紧急关头,用爱心救了自己,也救了大象。要不,在那些枪口下,大象波波浑身不被打成马蜂窝才怪呢!

文/肖显志

和动物做朋友

为什么琳琳没有被大象伤害呢?因为琳琳和大象做了朋友。人类不仅可以和人做朋友,也可以和动物做朋友,虽然它们听不懂我们的语言,但我们可以用爱心和它们交流。

在大自然的怀抱里,人类和动物是邻居。如果人类伤害了动物,那动物也会反过来报复我们;如果人类能友好地对待动物,那动物和人类就会和睦地做朋友。就像家里的小猫咪,你喂它美味的鱼肉,它就会对你温柔地咪咪叫,还会用头轻轻地摩擦你的脚表示友好呢!

赏析/肖诗雅

海啸来临之际

孩子们敢在任何时间、任何场合表达他们
真实的见解,他们不害怕遭到别人嘲笑和批评。

这是一个绝对真实的故事,十岁的英国小姑娘在海啸来临之际及时呼喊,使一百多人及时逃离危险区域。故事背后却蕴藏着深刻的人生哲理,耐人寻味。

微风吹拂,大海的波涛是那样的平和,它就像一位让人尊敬的老人一样神态安详。金色的海滩上,阳光明媚。旅游者有的在晒太阳,有的在海边嬉水,他们享受着大自然恩赐的一切美好东西。

突然,在浅海中的人们发现海水中不停地冒气泡,大海上有一条白色的东西正飞快向海滩奔涌而来。许多人都看见了,然而都没有做出反应,只有一个十岁的小姑娘大喊道:"海啸!快跑!"

听到小姑娘的呼喊,大家如梦初醒,纷纷拼命向高处奔跑。当那条白色的东西——十几米高的海啸巨浪以排山倒海之势席卷到沙滩上时,这里的一百多人都已经撤离到了安全的地方。

大家都感谢小姑娘,说她及时的呼喊提醒了大家,赢得了撤离危险区域的宝贵时间。如果小姑娘晚呼喊或者不呼喊,后果不堪设想。小姑娘说,她记得老师讲过,大海中出现地震后,如果发现海水中冒气泡,远处有白色东西向海滩奔涌过来,这就是危害性极大的海啸到来前的先兆。

读者朋友一定会为这些海滩上的人们庆幸,他们因为有了那个可爱、聪明、勇敢的小姑娘而逃脱了一次人生劫难。让我们深入思考一下,难道这一百多人中就小姑娘一人懂得什么是海啸到来前的先兆,难道就小姑娘一人发现了大海的异常?肯定有许多人都知道,而且也发现了异常。那么生活经验丰富、应变能力强的大人们为何没有大声呼喊,提醒大家赶快逃离危险区域呢?

估计那些大人们很难回答这个看似简单的问题,和孩子相比,他们是强者,应该比孩子更具有应对突发事件的能力。在事实面前,他们必须承认,他们没有小姑娘那么单纯,没有小姑娘那样的无所顾忌。大人们考虑的问题很多、很复杂。有的人当时会想,如果自己高声呼喊说海啸来了,结果却只是一个大浪而不是海啸,别人会怎么看我?也有的人当时可能想呼喊,但是见大家玩得正欢,觉得这么多人都没有什么反映,肯定太平无事……

不要老是教训孩子,孩子身上有许多值得大人们学习的可贵品质。

文/钱欣葆

尊重事实

　　孩子身上有许多宝贵的品质：他们不会顾虑太多现实的局限，他们忠于他们的知识，他们相信自己的眼睛。这些优点都是大人缺少的，大人总是顾虑太多，害怕犯错误。可正是由于这份爱面子的虚荣，他们往往得不偿失，有时，还会因此造成严重的后果。

　　孩子们敢在任何时间，任何场合表达他们真实的见解，他们不害怕遭到别人的嘲笑和批评。孩子们的这份勇气有时候就显得异常的重要。像故事中的这位英国小姑娘，她就是这样。她纯洁，她无所顾忌，她能用她学到的知识，凭她对事物的真实感觉，惊险地救下一百多人的生命。

　　希望大人们能更多地反省自己，同时还要好好保持孩子们的这份品质。

赏析/李盛欢

红　虾

　　用痴迷艺术的心和同情弱小的心画出的
作品，其实是无价之宝。

　　一八八六年十二月，一个最寒冷的黄昏，贫穷的凡·高因为付不出房租,被迫冒着刺骨的风雪来到一家廉价的小画铺的门前,几乎是央求着老板开了门,希望能收购他的一幅刚刚完成的静物画。

是的,这个年轻的、还未成名的画家,他太贫穷了。他一个人流浪在异乡,身边既无亲人也无朋友。虽然他每天都要从事十四至十六小时的绘画工作,但他的画却一张也卖不出去。他因此而受尽了世人的歧视与冷遇。他在寒冷的深夜里紧紧地裹着一条旧毛毯,给远方最亲爱的兄弟提奥写信说道:

"……我是多么希望能有个小小的、安定的栖身之所啊!实际上,这是我绘画唯一的必备条件。如果能有一份足以使我能在画室里不受任何困扰地画一辈子画的工资的工作,我就觉得自己很幸福了。"

但实际上呢,他连这么一点小小的希求都达不到。他在另一封信上诉说道:

"这几天我过得很不愉快。星期四我的钱已花光了,几天里我靠二十三杯咖啡加一点点面包为生,面包钱还是欠人家的。今晚下肚的只是一块面包皮了……然而创作却深深地吸引着我,我像苦力一样画着我的油画……"

生活是这样的不公平,青年画家又是如此的贫困无助!他知道,这一个冬天,如果再卖不出一张画去,那么,他只有被赶出旅店而露宿在风雪街头了。

还算幸运,小画铺的老板勉强购下了他的那幅静物画,给了他五个法郎。对于凡·高来说,这算是最大的恩宠了。他紧紧地攥着这五个法郎,赶忙离开了小画铺。

可是,就在这风雪交加的归途上,他忽然看见一个衣衫褴褛的小女孩,刚从圣拉萨教堂里走出来。小女孩很美丽,但从她那一双可怜的孤苦无助的眼睛里,青年画家一下子就看出来了,她也正处在饥寒交迫之中。

"可怜的孩子!"凡·高用忧郁的目光注视着这个正在有所哀求的女孩,喃喃地说道,"没有错,当风雪降临到世界的时候,所有的穷人都是困苦的。富人是不会懂得这些事的。"

这样想着的时候,青年画家完全忘记了房东此时正守在他的住处,等着他回去交房租呢!他几乎是毫不犹豫地把自己刚刚拿到手的

没有大人的夜晚·精华版

五个法郎，全部送给了这个素不相识的、非常可怜的小女孩。他甚至还觉得自己所给予这个小女孩的帮助太少，太无济于事了。于是，便满脸惭愧地、逃也似的离开了小女孩，消失在巴黎冬天的凛冽的风雪之中……

仅仅过了四年，文森特·凡·高，这位尝尽了世间的饥饿炎凉和人生的孤独贫困的艺术家，便在苦难中凄惨地辞别了人世。这个可怜的、天才的画家，他仅仅活了三十七岁。

凡·高生前的绘画成就始终没有得到世人的承认，但他死后，他所留下的作品却成了我们整个世界的仰之弥高、光彩夺目的珍品。有谁能想到，他在辞世前一年画的那幅当时无一人问津的《鸢(yuān)尾花》，在他死后还不到一百年，其售价竟高达五千四百万美元！

更没有人会想到，一八八六年冬天的那个黄昏，他那幅仅仅卖了五个法郎的静物画，若干年后，在巴黎的一家拍卖行的第九号画廊里，有人出价数千法郎购下了它！在这幅小小的静物画上，画的是几只诱人的红虾……

多么美丽的红虾啊！这位世界画坛上的"奥林匹斯山的巨神"，透过这小小的红虾，抒发了他那深沉的慈爱之情和崇高、善良的艺术家的良心。

文/徐　鲁

真正的艺术家

我们常常说长大了想当艺术家，但我们真的懂得什么是艺术，什么是艺术家吗？

看了这篇《红虾》，我深深感受到一个真正的艺术家带给我的心灵震撼：真正的艺术家首先要有一颗对艺术锲而不舍的追求之心。当凡·高身处贫困的边缘时，他仍然没有放弃对心中艺术的追求，"今晚下肚的只是一块面包皮了……然而创作却深深地吸引着我，我像苦力一样画着我的油画……"

真正的艺术家除了要有一颗痴迷艺术的心,还要有一颗同情弱小的至善之心。当贫困潦倒的凡·高看到一个衣衫褴褛的小女孩时,他眼中充满了同情,他已经忘记了自己也是一个贫穷的需要帮助的人,他毅然把自己仅有的五法郎给了小女孩。凡·高的《鸢尾花》后来卖出了极高的价钱,很多人只看到了作品的金钱价值,却忽略了凡·高的作品是很难用金钱来衡量的,因为用痴迷艺术的心和同情弱小的心画出的作品,其实是无价之宝。

赏析/李盛欢

挫　折

溺爱是一种伤害,障碍是一种灌溉。

　　一对农村夫妻四十得子,因而宠爱有加。在蜜罐中长大的儿子养成了一意孤行的脾性,做事毛毛糙糙,就连走路也走不好,时常跌进水田里,很是让望子成龙的父母焦心。

　　儿子七岁那年,顺理成章上了小学。顽皮的他走路喜欢东张西望,不是弄湿了鞋子,就是弄脏了裤子,哭鼻子成了家常便饭。做母亲的整日跟在他后面洗,也无法让他穿得干净。

　　一天,孩子的父亲带一把铁锹去儿子上学必经的田埂上,在上面断断续续地挖了十几道缺口,然后用棍棒搭成了座座小桥,只有小心走上去才能通过。那天放学,儿子走在田埂上,看面前一下子多出了这么多的小桥,很是诧异。是走过去,还是停下来哭泣呢?四顾无人,哭也没有用啊。最终他选择了走过去。当背着书包的他晃晃悠悠地通过小桥时,惊出一身冷汗。他第一次没有哭鼻子。

吃饭的时候,儿子跟爸爸讲了今天走过一座座小桥的经历,脸上满是神气。做父亲的坐在一旁,夸他勇敢。以后,他上学的路上再也没惹过麻烦。

妻子对丈夫的举措有些不解,丈夫解释道:"平坦的道上,他左顾右盼,当然走不好路;坎坷的路途,他的双眼必须紧盯着路,因而走得平稳。"

如果不在孩子成长的路上设置一些障碍,一味地给他们提供顺境,让其想法不经过努力就能实现,等长大后,一旦遭遇挫折,他们必然会经受不住打击,而产生种种令人意想不到的后果。

拖一把铁锹,在孩子前进的道路上设置沟壑,把平坦的大道变成窄道,让孩子勇敢地走上去,这样,他们才会专注于脚下的路,才不至于误入歧途。

挖断孩子前进的路,培养他们脚踏实地的习惯,他们今后的人生就会少些失败多些成功。

文/李泽泉

另 一 种 爱

设置障碍是一种爱,它能让成长的脚步更加坚实,它能让我们以后的人生少些失败,多些成功。

著名小提琴家李传韵,五岁的时候,去参加比赛,水平虽然超过了冠军,但是评委还是把他评为第二。功成名就的李传韵接受采访说起过去的事,不无感慨地说,如果当时被评为第一,不知道现在的李传韵会怎样。他很感激评委当年的做法。

溺爱是一种伤害,障碍是一种灌溉。

赏析/花衣裳

为自己挖一口井

我们还要珍惜时间,不要让时间白白地被浪费掉。

　　两个小和尚分别住在相邻两座山上的庙里,他们每天都会在同一时间下山去溪边挑水,不知不觉中,五年过去了。突然有一天,左边山上的和尚没有下山挑水,右边山上的和尚心想:他大概睡过头了。谁知第二天、第三天,还是没见他下山挑水。一个月过去了,左边山上的和尚仍然不见踪影。右边山上的和尚终于按捺不住,他决定去看看到底发生了什么事。

　　等他来到左边山上的庙里之后,不禁大吃一惊,因为他的朋友竟在练太极拳,而且精神很好,一点都不像一个月没有喝水的人。练拳的和尚指着一口井笑着说:"这五年来,我每天做完功课后,都会抽空儿挖这口井。即使有时很忙,我也会坚持挖一点儿。一个月前,井里终于冒出了清水,我也就不必再下山挑水了,可以腾出更多时间,练我喜欢的太极拳了。"

　　我想,我们是不是也应该为自己挖一口井呢?在你紧张匆忙的生活中,哪怕每天拿出很少的一点儿时间去多读几页书,多学习一些实用的知识,多留意一些别人平时不在意的事情,不经意间,你的积累也许就能在关键时刻助你一臂之力。"积水成渊,蛟龙生焉",不要小看了那一点点的收获,或许正是因为这一点一滴的努力,你就会走在别人的前面。记住，先人一步，处处黄金，多留意从你身边溜走的时间，和时间赛跑，那你就离成功不远了。

文/郝洪亮

多开动脑筋，生活更精彩

看了这篇文章后，我很佩服左边山上的和尚，因为他善于开动脑筋，认真思考问题，努力寻找解决问题的方法。

大家想一想，不喝水又怎能活下去呢？更不用说有力气去练功了。因此山上缺水是一个非常严重的问题。面对这个问题，右边山上的和尚只知道天天下山挑水，耽误了练功的时间。他墨守成规，任由问题发展下去而不去想办法解决。左边的和尚却不同，他想到要在山上挖一口井，这样就不用整天下山去挑水，节省下很多时间和力气去做别的事情。在我们日常的学习和生活中同样有很多的问题需要去解决，我们要向左边山上的和尚学习，细心观察问题是怎么发生的，一定要及时想出解决问题的方法，不要让问题变得越来越严重。文章说得很对，我们还要珍惜时间，不要让时间白白地浪费掉。时间，如果你不去开拓它，它就会悄悄地长出青苔，爬满你生命的庭院，把你的一生掩埋；如果你充分地利用时间，时间就会垂青于你，助你成功。

赏析/陈宇明

我的笑是新的

当我们的脸上每时每刻展现出崭新的
笑容时,我们所拥有的便是新的生活!

那一年的夏天,我去湘西山区采风。火车到吉首后,我与几个从事民俗研究的朋友合租了一辆小面包车,赶往一个叫书家塘古堡的村庄。

书家塘古堡是个有着一千多年历史的村庄,位于凤凰县南部,全村人都姓杨,自称是北宋杨家将的后代。他们究竟是不是杨家的后代有待考证,但村里的建筑基本上还保持着成百上千年的原状,一切都透着神秘淳厚的古朴:所有的房子依旧保持着石块垒起的原状,墙壁上布满年岁久远的烟尘;随便一个雕花精致的窗户和椅子都可以算得上绝对的古董文物;甚至那村里一条条青砖铺就的小路,都刻满了上千年的足迹……

我们一群人在村庄里穿行,不时发出感叹之声。或许村里少有穿着鲜艳的外地人光临,几个孩子叽叽喳喳地跟着我们看热闹,不停地对着摄像机、照相机指指点点。当我们走进一个石头台阶保存完好、槽门特高的小院子时,身后一个小男孩蹿到我们跟前:"这是我们家,你们看久些吧……"孩子几步跳进了家门,大喊:"妈妈,妈妈,来人了……"孩子的惊喜与热情感染了我们。有人招呼他:"小朋友,来,我们跟你拍一张照片……"男孩雀跃起来,"好呀好呀。"他还像模像样地在家门前摆出个抬头挺胸很是威风的样子。岂料还没等我们的摄影师傅调整好最佳角度,屋子里出来个妇女,大喊:"别照别照,细伢子,你这样子照啥相呀……"孩子却仍旧积极得很,招呼着我们快快快。男孩的妈妈过来扯他,还作势要动手打他,嘴里叫喊:"鞋子都没穿,裤子是旧的,衣服也旧邋邋(邋遢破旧)的,献丑呢,快别照……"

小男孩看见他妈的手快要落到身上时,机灵地一蹦就躲开了。"我,我,"他光着脚丫子一边跳,一边脱口而出,"裤旧衣旧,旧旧旧,我不怕,我的笑是新的哩,嘿嘿嘿……"

我们哄的一声大笑起来。但,片刻之间,我们都止住了笑,相互对视了一眼。孩子说的啥?我的笑是新的!——那一天,我们坚持为孩子照了不少照片,因为他脸上灿烂的笑容,更因为他脱口而出的那句颇有哲理意味的话:我的笑是新的。

他只是一个未谙世事的山村小男孩,那句话于他而言,也许仅仅是毫无含义随口说出的一句话,却让我们深深感动:生活中谁都能成为哲人啊,哪怕是年幼的孩子。的确,我们的衣服是破旧的又何妨,我们所拥有的生存环境是破旧的又何妨,只要我们脸上的笑时刻是新的。当我们的脸上每时每刻展现出崭新的笑容时,我们所拥有的,便是新的生活!

文/蔡 成

心里的快乐藏不住

一个人的笑容美不美,不在于这个人长得是否漂亮。真心的笑容才是最美。因为笑容是一个人内心幸福乐观的表现。

孩童的笑最美,因为他的每一次笑都是新的,他的每一次笑都是因为体会到了新的快乐,一个人拥有那么多的快乐,那快乐多得他心里都装不下、藏不住了,自然流露出的清脆笑音和纯真笑容当然是最美的。

我们的衣服是新的,我们的环境是现代的,可是我们有谁像他那样笑得灿若春花。

赏析/花衣裳

享受生命的春光

你好，我不知道你姓什么叫什么，我祝
福你，希望你重见光明，尽情享受春光。

四川省巴东县女护士王飞越身患绝症，生命即将走到尽头，她很想留一点什么给这个曾经让她温暖、让她懂得爱的世界。

可是她的全身已开始溃烂，捐赠遗体用于医学解剖和实验显然已经不太可能。一日，来探病的弟弟说，姐姐，你的眼睛好明亮哟。这句话提醒了王飞越女士，病床上的她顿时兴奋起来：我要捐献眼角膜。

她的遗愿，立刻遭到丈夫和女儿以及亲友们的反对，沉浸在即将丧失亲人的巨大悲痛中的他们，无法理解王飞越的做法。他们在病床前，苦苦哀劝。面对劝说，病床上的王飞越也含泪诉说：这样做，可以让两个人重见光明，难道你们不能满足我这个小小的要求吗？她支撑着写了申请书，求丈夫为她签字。

字终于签了，王飞越松了一口气。可癌细胞已经开始肆虐扩散，加之用药，造成全身水肿。如果水肿也造成眼角膜损伤，就会影响角膜移植手术的质量。她忍着痛，向医生提出，保护好我的眼睛，请不要用止痛药。

伤痛折磨着她，然而她更担心的是，一旦角膜受到损伤，她的捐献计划将成泡影。她提出请求：在她停止呼吸之前，现在就摘掉眼球。

丈夫和女儿，还有医生护士们流泪了。守护在一边的眼科专家们也制止了她。

疼痛不断加剧,死神临近,王飞越的一只眼睛甚至已不能闭合。她知道,生命已无法挽留。她最担心的是眼球的完好无损,为此不断地发出新的请求,而且态度十分的坚决:拔掉氧气管,拔掉氧气管!

拔掉氧气管,意味着放弃呼吸,放弃生命,放弃这个美好的世界。丈夫和女儿泣不成声。这样的请求没有被采纳,她就以拒绝治疗来抵制。她如愿了,氧气管终于被拔掉。但接着,她又提出新的请求,拔掉输液管。这一次,周围的人沉默了,彻底尊重了她的意愿。

生命之花终于凋零,只有她的眼角膜被保留了下来。而且其中的一只眼角膜,竟让三位病人重见光明。共有四位患者,包括年轻人和老人,分别承接了她的光明。这位从未走出过县城的女士,将光明播撒到南疆北土,播撒到遥远的地方……

她有一段临终录音,那是对承接她光明的人说的:"你好,我不知道你姓什么叫什么,我祝福你,希望你重见光明,尽情享受春光。"

文/李海燕

享受生命

护士,一个令人感到多么亲切的称呼。她总是在别人的生命最需要呵护的时候及时地出现,她给人以温暖的阳光,她是上帝派来的白衣天使。

王飞越,一名护士。在她有限的生命里曾不知多少次不忘疲惫地守护在病床前,给病人以悉心的照料。她将自己的爱全部奉献给她的事业、她的病人。这样一位可敬可爱的天使,上帝却急急切切地把她召了回去。为了给这个曾经让她温暖、让她可以付出她的爱的世界留点什么,她不留恋生命里剩余的日子,不顾亲人的劝阻,为仅能捐献的眼角膜毅然拔掉氧气管、输液管。最后,美丽的天使陨落了,但却给另一片黑暗带来了光明。

生命的伟大从不在于能索取多少,而是在于那无私的奉献。因为奉献,爱的种子才得以撒遍人间大地;因为奉献,爱的阳光雨露才得以滋润成长的心田;也因为奉献,爱的天堂之音才得以响彻每个人的灵魂。学会奉献,学会爱,那么我们的生活会充满更多的幸福与快乐,我们的人生将变得更富有意义。你们说是吗?

赏析/林炜茜

生命的色彩

不必为生命的长短叹息,只要认真过好每一天就行了。

有一个天真可爱的小女孩,在她三岁生日的前两天,被诊断出患有急性淋巴性白血症。此后,虽经过多次住院治疗,可她的病情始终难以控制。

从四岁起,她开始学习画画,因为她最大的梦想,就是长大以后能够成为一名出色的画家。她最喜欢画童话故事里的小主人公,喜欢画可爱的小动物。对于一个稚嫩的孩子来讲,也许她还不能理解死亡的威胁。

于是,在与病魔抗争的过程中,只要有时间,她就会打开素描本,拿起心爱的彩笔,忍着病痛的折磨,画着脑海中所想象出的美好画面。到七岁时,小女孩已经画了八千多张彩笔画。她凡是认为画得比较好的,就让父母为她保存起来。在她幼小的心灵中,一天都不曾放弃过当画家的梦想。

小女孩在与病魔抗争四年之后,怀着对生命的极大渴望,走完了她七年零九个月的短暂生命。然而,她却为全世界儿童留下了八千余张美丽的彩笔画,这个小女孩叫三瓶彩子。

二○○○年九月十八日,彩子留下的绘画作品,在美国明尼苏达州的明尼阿波利斯全美骨髓病年度总会的会场中心进行了展出。所有看过彩子画作的人,都被她画里面那不懈的生存勇气和乐观向上的精神感染了,一个个都流下了眼泪。

一个如此年幼的生命,竟能够以顽强的毅力,来坦然面对死亡的威胁,并为实现自己心中的梦想而不懈抗争、努力,这是一种何等灿烂的人生姿态。

其实,一个人的生命无论长短,对于整个世界来说都是异常渺小的。而现在,我们无论身陷何种境地,或承受着多少痛苦的折磨,只要我们能够心怀希望与勇气,坦然迎接厄运的挑战,并为自己心中的梦想而奋斗,我们就会给生命留下一抹绚丽的色彩!

文/矫友田

生命的质量

不必为生命的长短哀叹,只要认真过好每一天就行了。彩子的生命只有短短的七年,但彩子的精神却是永生的。

每个人的一生中,都会经历痛苦、疾病、挫折等折磨,但我们是在厄运下哀叹还是像彩子那样,勇敢地与命运搏击,活出我们自己的风采呢。我相信,每一个人心中都有一个正确答案。

赏析/花衣裳